टॉकीज़

दूसरा पड़ाव

सिनेमा का सफ़र

पन्द्रह महत्त्वपूर्ण अभिनेताओं से
जागरण फ़िल्म फ़ेस्टिवल में हुई
बातचीत

टॉकीज़

सिनेमा का सफ़र

पन्द्रह महत्त्वपूर्ण अभिनेताओं से
जागरण फ़िल्म फ़ेस्टिवल में
अजय ब्रह्मात्मज, मयंक शेखर,
विनीत कुमार और **स्मिता श्रीवास्तव** की बातचीत

राजकमल प्रकाशन

JAGRAN FILM FESTIVAL
JFF bringing cinema to you

ISBN : 978-93-87462-94-6

मूल्य : ₹ 150

पहला संस्करण : 2018

प्रकाशक : राजकमल प्रकाशन प्रा.लि.
1-बी, नेताजी सुभाष मार्ग, दरियागंज
नई दिल्ली-110 002

शाखाएँ : अशोक राजपथ, साइंस कॉलेज के सामने, पटना-800 006
पहली मंजिल, दरबारी बिल्डिंग, महात्मा गांधी मार्ग, इलाहाबाद-211 001
36 ए, शेक्सपियर सरणी, कोलकाता-700 017

वेबसाइट : www.rajkamalprakashan.com
ई-मेल : info@rajkamalprakashan.com

मुद्रक : यश प्रिंटोग्राफिक्स
नोएडा-201 301 (उत्तरप्रदेश)

TALKIES : CINEMA KA SAFAR [Doosara Padaav]
by Jagran Film Festival

जागरण फ़िल्म फ़ेस्टिवल के बारे में

जागरण फ़िल्म फ़ेस्टिवल वो बायस्कोप है जिसके पर्दे के पीछे न केवल देश और विदेश का सिनेमा मिलता है बल्कि पर्दे पर जादू बिखेरने वाले कलाकार भी अपने दर्शकों से रू-ब-रू होते हैं।

यह फ़ेस्टिवल *जागरण समूह* द्वारा शुरू की गई एक महत्त्वपूर्ण पहल है जिसका उद्देश्य सिनेमा के चाहने वालों और उसे बनाने वालों को एक मंच पर लाना है। इसके साथ ही 'फ़िल्म एप्रिसिएशन' जैसी वर्कशॉप के द्वारा लोगों को सिनेमा के और क़रीब खींचना ताकि वो सिनेमा देखने के नए नज़रिए, नए क़िस्से-कहानियों और नई प्रतिभाओं से रू-ब-रू हो सकें।

फ़ेस्टिवल का अपना एक ख़ास आकर्षण है। इसकी ख़ासियत यह है कि फ़ेस्टिवल के दौरान, कुछ चुनिन्दा फ़िल्मों की पूरी टीम, दर्शकों के साथ बैठकर फ़िल्म देखने का आनन्द लेती है। साथ ही दर्शकों को उनसे मिलने और सवाल-जवाब करने का मौक़ा भी मिलता है। दरअसल, इसका उद्देश्य यही है कि इस तरह एक ऐसा प्लेटफ़ॉर्म तैयार किया जाए जहाँ सिनेमा पर समाज और समाज पर सिनेमा के प्रभाव तथा उसके कारणों पर बैठकर बहस की जा सके।

पिछले साल *जागरण फ़िल्म फ़ेस्टिवल* के दौरान 16 शहरों में 200 से ज़्यादा फ़िल्मों की स्क्रीनिंग की गई तथा हर शहर में 'फ़िल्म एप्रिसिएशन वर्कशॉप' का सफल आयोजन किया गया, जिससे 50,000 से भी अधिक लोग सीधे तौर पर जुड़े और भारत में लगभग 50 करोड़ से अधिक लोगों तक *जागरण फ़िल्म फ़ेस्टिवल* के विषय में *दैनिक जागरण* अख़बार और सोशल मीडिया के माध्यम से जानकारी पहुँची।

फ़ेस्टिवल में न केवल भारत बल्कि अन्तरराष्ट्रीय स्तर की बेहतरीन फ़िल्मों की स्क्रीनिंग की जाती है। इनमें डॉक्यूमेंट्री और एड फ़िल्में भी शामिल हैं।

फ़िलहाल यह फ़ेस्टिवल देश की राजधानी दिल्ली से चलकर कानपुर, लखनऊ, इलाहाबाद, वाराणसी, हिसार, लुधियाना, मेरठ, देहरादून, पटना, राँची, जमशेदपुर,

रायपुर, इंदौर, भोपाल के रास्ते से होते हुए मुम्बई पहुँचता है। भौगोलिक दृष्टि से देखें तो यह अकेला ऐसा फ़ेस्टिवल है जो इतने सारे राज्यों में तथा इतने बड़े स्तर पर आयोजित किया जाता है।

दर्शकों, सिनेमा-प्रेमियों और फ़िल्मी दुनिया के लोगों के अथाह प्रेम और फ़ेस्टिवल से उनके जुड़ाव को देखते हुए जागरण समूह साल 2016 से फ़ेस्टिवल के दायरे को और बढ़ाने की दिशा में प्रयासरत है।

वर्ष 2016-2017 में हुए फ़ेस्टिवल के दौरान जिन 15 फ़िल्म अभिनेताओं से बातचीत हुई उन्हें इस किताब में भरसक यथावत पेश किया गया है।

आशा है, यह पुस्तक सिनेमा और सिने-अभिनेताओं की दुनिया से व्यापक हिन्दी पाठक को बख़ूबी जोड़ेगी।

अनुक्रम

अन्नू कपूर

20 फ़रवरी, 1956 को भोपाल, मध्य प्रदेश में जन्मे अन्नू कपूर को भारतीय टेलीविज़न के इतिहास में सबसे बड़े 'वोकल' रियलिटी शो 'अन्ताक्षरी' को होस्ट करने के लिए याद किया जाता है। उनका यह सफ़र 1993 से 2006 तक रहा। 'मि. इंडिया' (1987), 'विकी डोनर' (2012), 'जॉली एलएलबी' (2017) में उनके निभाए किरदार यादगार हैं। 'विकी डोनर' में उनके किरदार के लिए उन्हें न सिर्फ़ फ़िल्मफ़ेयर बल्कि बेस्ट सपोर्टिंग एक्टर का 'नेशनल फ़िल्म अवार्ड' भी मिल चुका है।

बातचीत

अन्नू कपूर | मयंक शेखर

मयंक शेखर : वैसे तो आपके परिचय के लिए आपका नाम ही काफ़ी है पर जहाँ तक आपके नाम का सवाल है, तो हमें पता चला कि आपका नाम कुछ और था और आपने मुम्बई आने के बाद अपना नाम बदल दिया। ऐसा क्यों ?

अन्नू कपूर : 29 जून, 1982 को मेरा मुम्बई नगरी में आना हुआ। तब तक मैं नेशनल स्कूल ऑफ़ ड्रामा से डिग्री ले चुका था। पहले वो डिप्लोमा था, बाद में डिग्री हो गई। वो डिग्री 'अनिल कपूर', सन ऑफ़ मदनलाल कपूर को प्रदान की गई थी। मेरे मुम्बई आने के वक़्त ही इंडस्ट्री में एक और हीरो 'अनिल कपूर' का उदय हो रहा था, और इत्तफ़ाक़ से मेरी उससे जान-पहचान भी हो गई। एक फ़िल्म में वो हीरो थे और मैं दिलीप कुमार के पीछे कहीं एक अदने से जूनियर आर्टिस्ट के तौर पर खड़ा हुआ था। यश चोपड़ा उस फ़िल्म के निर्देशक थे, फ़िल्म का नाम था 'मशाल'। उसमें मुझे चार लाइनें बोलनी थीं, जो भी कालांतर में कट गईं। उन चार लाइनों के लिए मुझे चार हज़ार रुपए मिलने वाले थे—नाम था अनिल कपूर। एक दिन बोनी कपूर यश चोपड़ा के ऑफ़िस गए, पैसों के बारे में बात करने के लिए। उनके अकाउंट्स डिपार्टमेंट ने उनसे कहा कि अरे, परसों ही तो दस हज़ार रुपए का चेक अनिल कपूर के नाम से गया है। वो अचम्भित रह गए। असल में उन्होंने इस वाले अनिल कपूर को दस हज़ार रुपए दे दिए थे, मतलब उन्होंने मुझे ढाई गुना ज़्यादा रुपए दे दिए थे। फिर ये मामला रफ़ा-दफ़ा हुआ। फिर बाद में शबाना आज़मी के परिवार ने कहा, कि इंडस्ट्री में दो अनिल रहने मुश्किल हैं। किसी एक को नाम बदलना था और अपनी फ़िल्म इंडस्ट्री में तो हीरो की पूजा होती है, उसके नाम के मन्दिर बनाए जाते हैं। वह कैसा भी हो, लोग उसे ही पूजते हैं और अपने उत्तर-मध्य भारत में चाहे आप अनुराग हों या अनुपम, आपको लोग अन्नू ही बुला देते हैं—तो इस तरह से मैं अनिल से अन्नू हो गया। अब नाम में क्या रखा है, जनाब। अनिल कपूर अपनी जगह पर हैं, अन्नू कपूर अपनी जगह पर है।

मयंक शेखर : आपकी पैदाइश भोपाल की है और हम इस वक़्त अभी इन्दौर में

हैं। चूँकि भोपाल और इन्दौर की दूरी ज़्यादा नहीं है तो मेरा आपसे ये सवाल है कि इन्दौर से जुड़ी आपकी बचपन की कोई ख़ास याद है, जो ज़ेहन में अब तक बरक़रार है?

अन्नू कपूर : भोपाल में मेरा बचपन नहीं बीता। दरअसल मेरा जन्म 1956 में हुआ और छह साल की उम्र में हमने भोपाल छोड़ दिया था। फिर इन्दौर, मालवा। हिन्दुस्तान में वैसे भी सुबह बनारस की, शामें अवध की और शब-ए-इन्दौर बहुत मशहूर हैं। लेकिन सिर्फ़ मालवा-इन्दौर से ही मेरा रिश्ता नहीं है। वो इन्दौर हो, मानपुर हो, गुज़री हो, धमनौद हो, उज्जैन हो, साँवेर हो, हरदा हो—इन सब जगहों से नाता-रिश्ता है। मैंने अपने थिएटर की शुरुआत पारसी थिएटर के साथ इन्हीं इलाक़ों में की। इधर, देवास जिले में कमलापुर एक तहसील है, वहाँ हमने काफ़ी थिएटर किया है। ये बात आज से चालीस साल पहले की है। ऐसा ही कुछ रिश्ता रहा है मेरा मालवा के साथ; पिछले बीस सालों से मैं इन्दौर के साथ जुड़ा हुआ हूँ, इन्दौर का खाना, मालवा के गीत, यहाँ की संस्कृति—इस पूरे अंचल से मेरा बहुत गहरा सम्बन्ध है।

मयंक शेखर : आपने कहा कि आपके थिएटर की शुरुआत यहाँ से हुई, आपने पारसी थिएटर के साथ अपनी शुरुआत की जो आपके पिता जी चलाया करते थे। तो क्या आप बचपन से ही अपने करियर में अभिनेता बनने को लेकर निश्चित थे?

अन्नू कपूर : बात ऐसी है कि मेरे पिता का जन्म पेशावर में हुआ, लेकिन कपूरों के मेरे ख़ानदान में मेरे पिता और दादा का दूर-दूर तक कला-संस्कृति से कोई लेना-देना नहीं था। इत्तफ़ाक़ से आज़ादी के पहले उन्हें नाथूराम शर्मा मिल गए जिन्होंने उन्हें नाटक कम्पनी खोलने की सलाह दी। उन्होंने एक नाटक कम्पनी खोल डाली और पहली ही बार उन्हें उस ज़माने में पच्चीस से तीस हज़ार रुपए का नुक़सान हो गया। अगले शहर में प्रदर्शन से उन्हें कुछ मुनाफ़े की उम्मीद थी, लेकिन यह नुक़सान उन्हें पूरी ज़िन्दगी के लिए भारी पड़ गया और उन्होंने अपनी पूरी ज़िन्दगी टेंट्स के अन्दर गुज़ार दी। ना वो अभिनेता थे, ना लेखक, ना निर्देशक। उनका कला-संस्कृति से कुछ भी लेना-देना नहीं था। वो एक चलती-फिरती नाट्य मंडली के मालिक थे और कुछ भी नहीं। घर की माली हालत ख़राब रही और मेरी माँ मुझे डॉक्टर या आईएएस बनते हुए देखना चाहती थी। उस ज़माने में नाटक, नौटंकी और सिनेमा से जुड़े लोगों को सामाजिक बहिष्कार का भी सामना करना पड़ता था तो ऐसा ही कुछ हमारे परिवार के साथ भी हुआ। इस वजह से पढ़ाई-लिखाई पर मेरा ज़्यादा ध्यान था लेकिन ग़ुरबत के दिनों में मुझे चाय और पटाखे भी बेचने पड़े। ऐसी ही हालत में 1973 के आसपास एक दिन मेरे पिता ने मुझसे कहा कि अगर कुछ नहीं कर रहे हो तो थिएटर कम्पनी से जुड़ जाओ। उस

रात मैं और मेरी माँ दोनों रोए थे; क्योंकि हम ग़रीब ज़रूर थे लेकिन एक इज़्ज़तदार परिवार से ताल्लुक़ात रखते थे। वैसे मुझे माँ ने ये भी सिखाया था कि जो भी काम करो दिल लगाके करना और इस तरह मेरे थिएटर के करियर की शुरुआत हुई। मैंने अपना पहला किरदार सुल्ताना डाकू का निभाया और फिर ये सिलसिला चलता रहा। एक बात और, मेरी वाणी को ये सारा रस, ये मीमांसा, ये सब कुछ मुझे इसी मालवा की मिट्टी से मिला है।

मयंक शेखर : आपकी वाणी के रस के बारे में अगर हम बात करें, तो आपके रेडियो शो को जब हम सुनते हैं तो लगता है जैसे कोई प्रवचन सुन रहे हों, लेकिन आप हमें दरअसल बॉलीवुड के इतिहास से परिचित करा रहे होते हैं। एक तो आप हमें ये बताएँ कि आप कहानियों के पीछे का शोध-कार्य कैसे करते हैं और दूसरा ये कि इतनी सारी जो कहानियाँ आपने कही हैं उनमें से आपका पसन्दीदा क़िस्सा कौन-सा है?

अन्नू कपूर : आपके पहले प्रश्न का उत्तर ये है कि रिसर्च का कांट्रैक्ट मेरी छोटी-सी कम्पनी अन्नू कपूर प्राइवेट लिमिटेड के पास है। मैं एक छोटा-सा प्रोड्यूसर हूँ और हमारी कम्पनी में कुछ लेखक हैं जो इन कहानियों पर शोध करते हैं। उनको ये सख़्त निर्देश दिया गया है कि जब तक आप अपनी कहानी को तीन स्रोतों से क्रॉस-चेक नहीं करेंगे तब तक हम उसे रेडियो पर नहीं डालेंगे। जहाँ तक आपने पसन्दीदा क़िस्से के बारे में पूछा है तो एक साल में हम इतनी कहानियाँ सुनाते हैं कि उनमें से किसी एक क़िस्से को चुनना बड़ा मुश्किल होगा। लेकिन फिर भी मैं यहाँ एक क़िस्से का ज़िक्र करना चाहूँगा। उषा किरण एक हीरोइन हुआ करती थीं। मैं माँ की वजह से हमेशा से एक फ़ेमिनिस्ट रहा हूँ, इसलिए ये क़िस्सा मुझे याद रह गया। 'पतिता' फ़िल्म का गाना याद करें—'याद किया दिल ने'। उषा किरण जी इस फ़िल्म में अमीय चक्रवर्ती के साथ काम कर रही थीं जो पहले से शादीशुदा थे। उषा किरण जी को हो गया उनसे प्रेम—आग दोनों तरफ़ से लगी हुई थी।

अपने यहाँ कहते हैं ना, इश्क़ और मुश्क़ छुपाए नहीं छुपता। अमीय चक्रवर्ती की पत्नी को इस प्रेम-प्रसंग की भनक लग गई और वो उषा किरण जी से मिलने के लिए स्टूडियो पहुँच गईं। जब वो स्टूडियो के अन्दर दाख़िल हो रही थीं तो पूरे स्टूडियो में हलचल मची हुई थी। वो सीधे उषा किरण के मेकअप रूम में गईं और कहा कि 'मैं अमीय की पत्नी हूँ और तुम कितनी सुन्दर हो, मैं तुम्हारी सुन्दरता के सामने शायद कुछ भी नहीं और इसीलिए तो अमीय ने तुम्हें चुना। शायद मैं भी उसकी जगह होती तो यही करती। मुझमें कुछ कमी होगी तभी तो मुझे छोड़ कर अमीय तुम्हारी तरफ़ आकर्षित हुआ। छुप-छुप के मत मिलो, तुम बहुत सुन्दर हो—

आज से मैं तुम दोनों के बीच से अलग हट रही हूँ।' आप अनुमान लगा सकते हैं कि ये सुनने के बाद उषा किरण का क्या हुआ होगा। उषा किरण इस घटना से अवाक् रह गई थीं और इस बीच अमीय की पत्नी उनकी बलैयाँ लेकर स्टूडियो से बाहर निकलने लगी थीं। अब उषा किरण उनके पीछे भागते हुए आईं और उन्हें रोक कर कहा कि 'दीदी, आप मेरी बड़ी दीदी की तरह हो और अगर आप मेरे लिए इतना बड़ा त्याग कर सकती हो तो क्या मैं पीछे रह जाऊँगी। आपने इतने प्यार से मेरे प्रेम के लिए अपना सुहाग क़ुर्बान कर दिया तो, आज मैं भी आपको ये वचन देती हूँ कि जब तक अमीय ज़िन्दा हैं मैं उनकी शक्ल नहीं देखूँगी।' इस घटना के लगभग चौदह साल के बाद एक दिन उषा किरण के पास श्रीमती अमीय चक्रवर्ती का फ़ोन आया कि 'तुमने अपना वचन निभाया है कि जब तक अमीय ज़िन्दा है तुम उसकी शक्ल नहीं देखोगी, आ जाओ, अमीय अब चिता पर लेटा हुआ है!' इस कहानी को जब मैं सुनता हूँ तो सोचता हूँ कि यार, वो क्या कैफ़ियत होगी, महानता अपनी किस चरम सीमा पर होगी। ऐसी कहानियों को सुनकर मन निर्मल होता है! कहानी से ज़्यादा महत्त्वपूर्ण उसके पीछे का भाव होता है। अनुभव करना ज़रूरी है।

मयंक शेखर : अन्नू जी, जैसे आपने उषा किरण जी की कहानी कही अभी उससे लगा कि आपके कहानी कहने का ढंग बहुत दिलचस्प है। आप अपनी कहानी कहिए ज़रा; मसलन उस अन्नू कपूर की कहानी जो हम आज से पचास साल बाद सुनेंगे। एक आदमी जो लोगों को बॉलीवुड हिस्ट्री सुना रहा होगा, वो अगर अन्नू कपूर की एक कहानी कहेगा तो वो कौन-सी होगी?

अन्नू कपूर : आजकल मैं ऐग्नॉस्टिक हो गया हूँ, लोगों की सुविधा के लिए मैं इसे 'नास्तिक' कह देता हूँ। ये कहानी उस ज़माने की है जब मैं हिन्दू था, आस्तिक था। यही बरसात के दिन थे, दो दिन से बरसात के कारण नाटक नहीं हो पाया था इसलिए नाटक मंडली के सभी लोग भूखे थे। उधार के चाय-टोस्ट मिल जाया करते थे। तो ऐसे में मैं और मेरा मुसलमान दोस्त ज़फ़र, पार्वती नदी में स्नान करने गए और उसके बाद पास के शिव मन्दिर में चले गए। सामने शिवलिंग था, आँखें बन्द हुईं और हम दोनों रावणस्तोत्र का पाठ करने लगे और करते ही चले गए। तंद्रा जब टूटी तो हमने पाया कि चालीस लोग हमें घेर के खड़े थे। पूछने पर उन्होंने बताया कि वो पिछले पन्द्रह मिनट से हमारे मंत्रोच्चार से प्रभावित होकर हमारे साथ खड़े थे। उन्होंने हमें ब्राह्मणों के साथ भोग लगाने के लिए आमंत्रित किया। हमने कहा हमारी नाटक मंडली के लोग भूखे हैं, उन्होंने कहा कि आप इसकी चिंता ना करें और आठ टोकरों में भर के खाना उन्होंने हमारी मंडली के लोगों के लिए भेजा।

मयंक शेखर : ये तो मालवा का क़िस्सा हो गया। लेकिन मुम्बई शहर में आप चौंतीस साल से हमारा मनोरंजन कर रहे हैं। बॉलीवुड का कोई ऐसा क़िस्सा बताइए

जो आपके साथ हुआ, आपके फ़िल्म करियर के साथ हुआ जिसे हम याद रख सकते हैं?

अन्नू कपूर : मुझे तो अभी याद आ रहा है कि सन 1986 में एक सीरियल बना जिसका नाम था 'कबीर'। तब तक मैं तीन-चार फ़िल्मों में छोटे-मोटे कॉमेडी के रोल कर चुका था। इस सीरियल को श्री अनिल चौधरी बना रहे थे जो राष्ट्रीय नाट्य विद्यालय में मेरे बड़े भाई के बैचमेट भी थे। इस रोल के लिए बहुत बड़े-बड़े नामों से बात चल रही थी—ओम पुरी, विनोद खन्ना, पंकज कपूर साब जैसे धुरंधर अभिनेताओं के चर्चे थे। वो सिर्फ़ दूरदर्शन का ज़माना हुआ करता था और किसी तरह की गन्दगी नहीं हुआ करती थी। तो एक दिन मुझे उन्होंने मिलने बुलाया और कहा कि बनारस कबीर चौरा से महंत विवेक दास जी आ रहे हैं और उनके साथ डॉ सुखदेव सिंह जी आ रहे हैं जिन्होंने कबीर के ऊपर डी.लिट. किया है। हमने कहा ठीक है जी। उस वक़्त हम एक छोटे से कमरे में रहा करते थे जिसका किराया साढ़े सात सौ रुपए हुआ करता था लेकिन पीते थे टनेल सिगरेट। अब अपनी ज़िन्दगी में कुछ ऐसा रहा है कि दिन चाहे जितनी भी मुफ़लिसी में बीते हों, मुझे एक ख़ूबसूरत कन्या का साथ हमेशा मिला है। तो मैं टहलते हुए उनके पास जींस पहने ही पहुँच गया और पहुँचते ही उनके सामने अपनी सिगरेट सुलगा दी। अब वो कबीर चौरा के महंत और बाक़ी के तीन-चार लोग मेरी तरफ़ हैरत से देखने लगे कि अनिल चौधरी ने किस आदमी को कबीर के रोल के लिए हमसे मिलने के लिए भेजा है। लेकिन अपने करियर के लिए आज तक कभी मैं लालची नहीं रहा। मैं उनसे बात करता रहा और ऐसे ही बातों ही बातों में मैंने उन्हें इस देश के उन सभी कलाकारों के बारे में बताया जो कबीर से कहीं ना कहीं प्रभावित रहे हैं। आधे घंटे बाद उन्होंने मुझसे पूछा कि अन्नू बाबू आपने कबीर साहब को पढ़ा भी है? मैंने कहा, महंत जी, आपके टीवी सीरियल में रोल पाने के लिए मैंने कबीर को नहीं पढ़ा है। माँ ने कहा था कि कबीर को पढ़ना तो अपने लिए पढ़ना। बस मेरी इसी बात से मुझे वो रोल मिल गया था।

आज भी 'कबीर' सीरियल के प्रशंसक इस देश में मौजूद हैं। मीरा का नृत्य और बुद्धा का मौन जहाँ मिलते हैं वहाँ कबीर अवतरित होते हैं—ओशो रजनीश का ये कहना है कबीर के बारे में। विद्रोही मैं भी हूँ और शायद सब के सब फ़क़ीर उसी परम्परा से हैं। मैं ये कहूँगा कि क्रोध विद्रोह लाता है लेकिन क्रान्ति विचारों से ही आती है। इस देश को वैचारिक क्रान्ति की ज़रूरत है। 1857 में विद्रोह हुआ था, इस देश में अभी क्रान्ति आनी बाक़ी है।

मयंक शेखर : अन्नू जी, आपने कबीर का नाम लिया कि उस रोल के बाद, आज 31 साल बाद भी लोग आपको याद रखते हैं। जहाँ तक आपकी फ़िल्मों का सवाल

है, कोई ऐसा पात्र है या कोई फ़िल्म है जिसके बारे में लोग मिलते हैं, तो आपसे बात करते हैं?

अन्नू कपूर : आमतौर पर उनको 'तेज़ाब' याद रहती है। मैं फ़िल्म या थिएटर अब बहुत कम देखता हूँ। टीवी भी ना के बराबर देखता हूँ। कुछ नेता हैं, जिनको मेरा 'गर्दिश' फ़िल्म में भिखारियों के बादशाह का किरदार बहुत याद रहता है और जो युवा हैं, उनको 'विक्की डोनर' में मेरा काम बहुत अच्छा लगता है।

मयंक शेखर : बहुत सारे ऐसे फ़िल्म-प्रेमी हैं अन्नू जी, जो आपको 'एक रुका हुआ फ़ैसला' के लिए याद रखते हैं। ये एक बहुत ही प्रशंसित फ़िल्म थी। इस फ़िल्म के पीछे की क्या कहानी है?

अन्नू कपूर : इस फ़िल्म के पीछे की कहानी एक स्टेज प्ले से जुड़ी हुई है जिसे मेरे बड़े भाई दलजीत कपूर साब ने निर्देशित किया था। उन्होंने इसे 1981 में निर्देशित किया था, जिसे हम लोग मुम्बई लेकर आए। इसे इंडस्ट्री की बड़ी-बड़ी हस्तियों ने देखा, जिसमें यश चोपड़ा भी शामिल थे। फिर 1984 में बासु चैटर्जी ने मेरे बड़े भाई से कहा कि वे इस पर फ़िल्म बनाना चाहते हैं, जिसके लिए हमें पाँच हज़ार रुपए मिले थे। फ़िल्म में भी हमने अपना स्टेज वाला रोल किया था। बड़ा ही अच्छा अनुभव रहा था।

ऋषि कपूर

4 सितम्बर, 1952 को देश के सबसे बड़े फ़िल्मी घराने में ऋषि कपूर का जन्म हुआ। उन्होंने 1970 में अपने पिता राज कपूर की फ़िल्म 'मेरा नाम जोकर' से बॉलीवुड में बतौर बाल कलाकार डेब्यू किया। इस किरदार के लिए उन्हें 'नेशनल अवार्ड' भी मिला। 1973 में उन्होंने लीड एक्टर के तौर पर अपनी पहली फ़िल्म डिंपल कपाड़िया के साथ की, जिसका नाम था 'बॉबी'। इसमें उनके किरदार को बेस्ट एक्टर के लिए 'फ़िल्मफ़ेयर अवार्ड' से नवाज़ा गया। ऋषि कपूर 2008 में 'फ़िल्मफ़ेयर लाइफटाइम अचीवमेंट अवार्ड' से भी सम्मानित किए जा चुके हैं।

बातचीत

ऋषि कपूर | मयंक शेखर

मयंक शेखर : मैं आपसे पहला जो सवाल करना चाहता हूँ, वह फ़िल्म 'चाँदनी' से है। उस फ़िल्म में अपने सह-अभिनेता विनोद खन्ना की यादें साझा करिए।

ऋषि कपूर : मैंने विनोद खन्ना के साथ लगातार दो बड़ी सफल फ़िल्में की, एक थी—'अमर अकबर एंथोनी' और दूसरी थी 'चाँदनी'। विनोद में फ़िल्मों को लेकर समर्पण भाव था। वे शानदार वक्ता थे और जीवन के प्रति उत्साही व्यक्ति थे। मुझे याद है कि स्विटजरलैंड में फ़िल्म की शूटिंग के दौरान उन्होंने मुझे बहुत कुछ सिखाया। दरअसल यश चोपड़ा ने 'चाँदनी' में जिस तरह का रोल मुझे दिया था उसे निभाने में विनोद ने मेरी बहुत सहायता की और मैं ख़ुद को सौभाग्यशाली मानता हूँ। फ़िल्म में उन्होंने शानदार काम किया और उनके फ़िल्मी करियर की सफल फ़िल्मों में 'चाँदनी' भी शामिल हुई।

मयंक शेखर : यश चोपड़ा की फ़िल्मों में स्विटजरलैंड और दिल्ली का अहम स्थान होता है। वहीं आपका भी दिल्ली से खास रिश्ता रहा है। आपकी बेटी और बहनें दिल्ली में रहती हैं। दिल्ली से अपने रिश्ते के बारे में कुछ बताएँ।

ऋषि कपूर : दिल की बात तो दिल्ली में ही होंगी। कई फ़िल्मों की शूटिंग मैंने दिल्ली में की है। लेकिन अब दिल्ली में शूटिंग करना मुश्किल हो गया है। यातायात की समस्या और सुरक्षा कारणों से अब दिक़्क़त होती है। मुझे याद है कि जब हम अपने समय में दिल्ली में शूटिंग करते थे तो सड़कों पर इतनी भीड़ नहीं होती थी। 'चाँदनी' फ़िल्म में हमने ख़ूब शूटिंग की और बिना किसी की इजाज़त के। अब तो ऐसा संभव नहीं है।

दिल्ली में मेरी बड़ी बेटी की शादी हुई, मेरी बहन की शादी भी दिल्ली में ही हुई। और हाँ, एक बार मैं किसी दूसरे के सगाई समारोह में दिल्ली आया और मेरी ख़ुद की सगाई हो गई। लेकिन इसमें एक दुख-भरी कहानी भी है। दरअसल मैंने अपने पिता को यहीं खोया। आप कह सकते हैं कि दिल्ली से मेरा बहुत गहरा नाता रहा

है। दिल्ली की सर्दी बहुत ही प्यारी होती है। मैं एक महीने के लिए दिल्ली आ रहा हूँ, एक फ़िल्म की शूटिंग के लिए। वैसे कुछ वर्षों से दिल्ली का मौसम बिगड़ गया है। मुम्बई की तरह ही दिल्ली का मौसम होता जा रहा है।

मयंक शेखर : हिन्दी सिनेमा का रोमांस काल आपकी फ़िल्म 'चाँदनी' से वापस लौटा है क्योंकि 'चाँदनी' से पहले केवल एक्शन फ़िल्में ज़्यादा चलती थीं। आप अक्सर कहते हैं कि आप ग़लत वक़्त में आए। मसलन जब विनोद खन्ना, अमिताभ जैसे अभिनेताओं का जलवा एक्शन फ़िल्मों में था तब आप चॉकलेटी हीरो थे। वहीं जब रोमांस आधारित फ़िल्मों का बोलबाला हुआ तो आपका करियर ढलान पर आ गया था क्योंकि शाहरुख़ ख़ान, आमिर ख़ान जैसे नायक आ चुके थे। इस बारे में आप कुछ बताइए।

ऋषि कपूर : सही बात है, मेरे जीवन की यही कहानी है। ऐसा ही मेरे साथ हुआ है। लोग मेरे बारे में बहुत कुछ कहते हैं। कोई कहता था कि हीरो का बेटा है तो हीरो ही बनेगा। मैं कुछ हद तक इस बात को मान सकता हूँ लेकिन इसकी सफ़ाई में मैं कुछ कहना चाहूँगा। ये ठीक है कि राज कपूर ने फ़िल्म 'बॉबी' बनाई और उसमें उन्होंने मुझे मौक़ा दिया। पहली बात तो राज कपूर उस किस्म के फ़िल्मकार नहीं थे जो अपने बच्चों के लिए फ़िल्म बनाए। दरअसल वे ऐसी फ़िल्में बनाते थे जो उन्हें पसन्द होती थीं। 'बॉबी' भी एक किरदार का नाम था। दरअसल राजकपूर साब जो थे न वे अभिनेत्रियों के निर्देशक थे।

'बॉबी' के लिए मैंने ख़ूब मेहनत की थी। फ़िल्म में डिम्पल थीं। बाद में यह फ़िल्म सुपरहिट हुई और मैंने इसका क्रेडिट ले लिया। वैसे मुझे उस फ़िल्म में इसलिए लिया गया था क्योंकि फ़िल्म 'मेरा नाम जोकर' में मैंने थोड़ी-बहुत अच्छी अदाकारी की थी। तो पिता ने कहा कि तुम थोड़ा अपना वजन कम करो तो तुम्हें फ़िल्म में ले लूँगा। मुझे याद है कि फ़िल्म 'बॉबी' पंजाब में लगी थी। इस फ़िल्म का इतना क्रेज था कि फरीदाबाद, गुड़गाँव से हर आधे घंटे पर 'बॉबी' फ़िल्म के लिए बस चलती थी। तो इस तरह 'बॉबी' से मैं हीरो बन गया। मैं रातोंरात स्टार बन गया लेकिन करियर की शुरुआत में मुझे बड़े झटके भी लगे। मेरी शुरुआत की कुछ फ़िल्में नहीं चलीं। दरअसल उसी दौर में अमिताभ बच्चन भी आए थे। अमिताभ ने सिनेमा का रूप ही बदल दिया था। मेरी पहली फ़िल्म 'बॉबी' उनकी फ़िल्म 'जंजीर' के साथ ही प्रदर्शित हुई थी। दोनों ही फ़िल्में ख़ूब चलीं और सफल साबित हुईं। लेकिन 'जंजीर' के बाद अमिताभ बच्चन ने फ़िल्म उद्योग को चलाना शुरू कर दिया। वह वक़्त एक्शन फ़िल्मों का हो गया और उनके सामने चलना अब मुश्किल हो गया था। दरअसल वह दौर ही एक्शन प्रधान फ़िल्मों का था। हर साल मुझे संघर्ष करना पड़ता था। यह लोगों के प्यार और दुआ का ही नतीजा है कि मैंने अपने करियर के

उस समय को भी मैनेज कर लिया। फ़िल्म 'चाँदनी' का इसमें बड़ा हाथ है क्योंकि यह फ़िल्म उस वक़्त आई जब लग रहा था कि सबकुछ समाप्त होने जा रहा है। जब यह फ़िल्म रिलीज हुई तो मैं अमेरिका में था। मुझे जितेंद्र का फोन आता है कि तेरी फ़िल्म तो बहुत बड़ी हिट हुई है। मुझे विश्वास नहीं हुआ लेकिन फ़िल्म तो चल गई थी। यह फ़िल्म उस वक़्त गेम चेंजर साबित हुई। और यह बात भी सही है कि मैं इस इंडस्ट्री में ग़लत समय में आया। मुझे 90 के शुरुआती दशक में आना चाहिए था न कि 70 के दशक में।

मयंक शेखर : आप यह बताएँ कि 1973 में जब आप महज 21 साल के थे और उस वक़्त लोग आपके दीवाने थे, वह समय कैसा था?

ऋषि कपूर : वह समय था। इंडस्ट्री का मैं दूसरा सबसे महँगा अभिनेता था। मैं काफी लोकप्रिय था उस वक़्त। उस वक़्त तो मेरे पांव जमीन पर थे ही नहीं। मैं आसमान में था। जैसा कि मैंने आपको पहले ही कहा कि मुझे अपने करियर के शुरुआत में ही धक्के मिल गए थे। ऐसे में मैंने ख़ुद को सँभाला।

मयंक शेखर : बेटे को आपने फ़िल्म में 21 की उम्र के बाद आने दिया। क्या वजह थी?

ऋषि कपूर : मैं जब 21 साल का था तब फ़िल्मी दुनिया में क़दम रखा। यह बहुत कठिन काम होता है कि इस उम्र में आप सिनेमा के पर्दे पर उतर जाते हैं। मेरे समय से पहले तो 30, 35, 40 साल की उम्र में लोग सिनेमा में हीरो बनते थे। जानते हैं, एक दफा मुझसे जूही चावला ने बहुत अच्छी बात कही थी। उन्होंने कहा था पहले हीरो और हीरोइन, मर्द और औरत हुआ करते थे लेकिन आज यह काम लड़के और लड़कियाँ करती हैं। 'बॉबी' सिनेमा के बाद तो फ़िल्मी दुनिया की पूरी प्रक्रिया ही बदल गई। अब अभिनेता और अभिनेत्रियाँ ख़ुद को फिट रखती हैं। गीत और डांस के दृश्य अब बदल गए हैं। अब तो अमिताभ जी 'दो दूनी चार' या 'पा' जैसी फ़िल्में कर रहे हैं। लेकिन पहले के समय 45 की उम्र में हीरो को रिटायर मान लिया जाता था।

अब सबकुछ बदल गया है क्योंकि सिनेमा ही अब बदल चुका है। हमारे यहाँ तो अब हर तरह की फ़िल्में बिकने लगी हैं। कपड़े की दुकान में जिस तरह हर किस्म का कपड़ा मिल जाता है न, ठीक वही हाल सिनेमा का है। 'हिन्दी मीडियम', 'पिंक', 'नीरजा' जैसी फ़िल्में 70 के दशक में नहीं बनती थीं। अब ऐसी फ़िल्मों के दर्शक पैदा हो चुके हैं। आज सबके पास इंटरनेट है, लोग-बाग वर्ल्ड सिनेमा से वाक़िफ़ हैं। पहले के दर्शक और आज के दर्शक में बहुत अन्तर है।

मयंक शेखर : अब आप जहाँ हैं वहाँ से बहुत कुछ बदलते हुए देख रहे हैं। फ़िल्म हो या फिर अभिनेताओं का स्टाइल, सबकुछ बदल रहा है। क्या आप मान रहे हैं कि फ़िल्मी दुनिया में बदलाव आया है?

ऋषि कपूर : राज खोसला साब ने मुझसे एक बात कही थी कि तुम देवानन्द को क्यों पसन्द करते हो? एक अन्दाज होता है एक्टर का। हम सब जो यहाँ बैठे हैं, कहीं न कहीं हम सब एक्टिंग कर रहे हैं। कोई पत्नी के सामने तो कोई बॉस के सामने। लेकिन जो सचमुच में एक्टर होता है, उसके भीतर कुछ अलग होता है। वही उसे अभिनेता बनाता है। मुझे जॉनी लीवर याद आ रहे हैं। उन्होंने एक बार मुझसे कहा था कि आप एक ऐसे अभिनेता हो जिसकी मैं नकल कर सकता हूँ और मेरी रोजी-रोटी एक्टर की नकल करके ही चलती है। आज के ज़माने में वो चीज़ नहीं है। आज हमें कैरेक्टर प्ले करना होता है। मैं रनबीर के काम में दख़ल नहीं देता हूँ। मैं उसका बाप हूँ, सेक्रेटरी नहीं। वह अपना फ़ैसला ख़ुद लेता है। आज की पीढ़ी के लोग ख़ुद ही फ़ैसला लेते हैं। वे रिस्क उठाने के लिए तैयार हैं।

मयंक शेखर : आप रनबीर के सेक्रेटरी नहीं हैं। वैसे आप उन्हें टक्कर भी दे सकते हैं।

ऋषि कपूर : हाहाहहा, पतला होता तो सोचता भी इस विषय पर।

मयंक शेखर : इन दिनों आप नई पीढ़ी के कलाकारों-निर्देशकों के साथ काम कर रहे हैं। क्या आपको ज़्यादा मेहनत करनी पड़ती है?

ऋषि कपूर : हाँ, यह सच है क्योंकि फ़िल्म-निर्माण की पूरी प्रक्रिया ही बदल चुकी है। अब सबकुछ डिजिटल हो चुका है। अभिनेता के अभिनय की प्रक्रिया भी बदल चुकी है। हम लोग थिएटर से जुड़े आदमी हैं। मेरे दादा और पिता भी थिएटर में थे। हाल ही में मैंने एक किताब लिखी है—'खुल्लम खुल्ला'। मैंने अपनी बॉयोग्राफी को फर्स्ट पर्सन में स्टेज पर परफ़ॉर्म किया है।

मयंक शेखर : जब आप पीछे मुड़कर देखते हैं तो आपको कौन-सी फ़िल्म सबसे अधिक रोमांचित करती है?

ऋषि कपूर : मनमोहन देसाई ने जब मुझे 'अमर अकबर एंथोनी' के लिए रोल ऑफ़र किया तो उस वक़्त की कहानी मुझे याद आती है तो रोमांच से भर जाता हूँ।

मयंक शेखर : 1998 में राकेश रोशन के साथ आपकी बातचीत होती है और आप फ़िल्मों में वापस आते हैं। इसके बारे में कुछ बताइए।

ऋषि कपूर : बहुत ही रोचक कहानी है। उस वक़्त फ़िल्म 'कोई मिल गया' बनाने की योजना बन रही थी। राकेश रोशन मेरा बहुत पुराना दोस्त है। एक दिन वह मुझे

फोन करता है कि उसकी फ़िल्म में मुझे पिता का रोल करना है और दो दिन में बताना है। मैंने कहा कि इतनी जल्दी निर्णय मैं अपने करियर में नहीं लेता हूँ। जानते हैं वो इस बात पर हँसने लगा कि अब कौन-सा करियर। उस वक़्त उसकी करियर वाली बात मुझे चुभी और मैंने कहा कि मेरे भीतर का एक्टर अभी ज़िन्दा है। उस दिन से मैंने ठान लिया कि मैं चरित्र अभिनेता बनकर रहूँगा। मैं आज भी राकेश को कहता हूँ कि यदि उस दिन तुमने मेरा मज़ाक नहीं उड़ाया होता तो मेरी वापसी नहीं होती। आज तो मेरे लिए फ़िल्म लिखी जा रही है। जीवन के अंतिम साँस तक मैं अभिनेता ही रहूँगा।

अपने काम से आप सन्तुष्ट हैं, यह सबसे महत्त्वपूर्ण है। आज मुझे इस बात का गर्व है कि '102 नॉट आउट' जैसी फ़िल्म मैं कर रहा हूँ। अमित जी भी फ़िल्म में हैं। वे 102 साल के पिता का रोल कर रहे हैं जबकि मैं 75 साल के उनके बेटे का किरदार निभा रहा हूँ।

ओम पुरी

ओम पुरी का पूरा नाम ओम प्रकाश पुरी था। उनका जन्म 18 अक्टूबर, 1950 को हरियाणा के अम्बाला शहर में हुआ। ओम पुरी ऐसे कलाकार थे जिनकी पकड़ आर्ट सिनेमा और कमर्शियल सिनेमा दोनों पर बराबर थी। नेशनल स्कूल ऑफ़ ड्रामा से पढ़ाई पूरी करने के बाद वे एफ़टीआइआइ से एक्टिंग की पढ़ाई करने लगे। 'आक्रोश' (1980), 'डिस्को डांसर' (1982), 'अर्धसत्य' (1982), 'माचिस' (1996) आदि उनकी बेहतरीन फ़िल्में हैं। 'अर्धसत्य' के लिए उन्हें 'नेशनल फ़िल्म अवार्ड' भी दिया गया था। वे भारत सरकार द्वारा 'पद्मश्री' से भी सम्मानित किए जा चुके थे।

बातचीत

ओम पुरी | मयंक शेखर

मयंक शेखर : ओम जी, यहाँ आने से पहले आप कह रहे थे कि आप कानपुर पहले भी आ चुके हैं। तो क्या कहानी है आपकी और कानपुर की?

ओम पुरी : मुझे याद है कि पैंतीस बरस पहले, पहली बार मैं कानपुर आया था। हम लखनऊ से कार से यहाँ आ रहे थे। इससे पहले मेरे जो सेक्रेटरी थे, एसपी दुबे जी, वो कानपुर से ही थे। लाल बत्ती पर मैंने उन्हें रुकने के लिए कहा, तो दुबे जी रुक भी गए। पीछे से एक आदमी आया और हमारे शीशे में झाँक के बोला, 'अबे, बाहर से आए हो क्या?' और फिर वो चला गया। तो दुबे जी ने कहा, 'देख लिया, यहाँ लाल बत्ती पर रुकना मना है।' फिर उसके बाद मैं तीन-चार दफ़े आया हूँ। बहुत विकसित हुआ है ये शहर—मॉल, सड़कें, फ़्लाइओवर—ढेर सारी चीज़ें बनी हैं। पर पुराने शहर का कुछ किया नहीं जा सकता है। वो तंग गलियाँ, सड़कें जहाँ ट्रैफ़िक पुलिस के सिपाही को खड़े रहने में दिक़्क़त होती है—उन्हें बदलना बहुत मुश्किल है।

मयंक शेखर : आपने अपने करियर में बहुत-से ऐसे किरदार निभाए हैं जो उत्तर प्रदेश से हैं। आप पंजाब से ताल्लुक़ रखते हुए, उन किरदारों के लिए कहाँ से प्रेरणा लेते हैं। क्या आप यहाँ आने के बाद यहाँ के लोगों के हाव-भाव को परखते हैं?

ओम पुरी : 'अइसन बात नईखे!' हम तो उत्तर प्रदेश और बिहार के लोगों से घिरे हुए हैं। बम्बई में बहुत-से लोग उत्तर प्रदेश और बिहार से हैं। मेरे बहुत-से रिश्तेदार लखनऊ और इलाहाबाद में हैं। जब मैंने 'कक्का जी कहिन' सीरियल किया जो एक राजनीतिक व्यंग्य था तो उसमें मुझे भोजपुरी बोलनी थी। उसके निर्देशक बासु चैटर्जी थे जो थे तो बंगाली लेकिन उनकी पैदाइश मथुरा की थी। हिन्दी बहुत अच्छी है उनकी। मैंने उनसे कहा कि दादा, मुझे तो ये भाषा आती नहीं है तो 'अरे सीख जाओगे,' कहकर उन्होंने मेरी बात आई-गई कर दी। मैंने उनसे कहा कि मेरे दुबे जी कानपुर के हैं और सीखने के लिए मैं उनको ले आता हूँ। दुबे जी ने किसी तरह

से मेरा पहला एपिसोड तो निकलवा दिया लेकिन चूँकि बासु चैटर्जी उन्हें इस काम के लिए पैसे देने को तैयार नहीं थे; तो दुबे जी ने आने से इनकार कर दिया। मैंने भी उन्हें रोका नहीं। तो इस तरह से मैं पहले एपिसोड के बाद से ही ख़ुद-ब-ख़ुद इस भाषा में बात करने लग गया—का कर रहे हो, कईसन हो। मेरी बुआ की बेटी जो थीं वो इलाहाबाद में रहती थीं। वो एक बहुत ज़हीन औरत थीं। उन्होंने राष्ट्रीय नाट्य स्कूल के खुलने के एक साल बाद ही 1960 में दाख़िला लिया था। वो ऑल इंडिया रेडियो में काम करती थीं। तो जब इस सीरियल के बाद मैं उनसे मिलने इलाहाबाद आया तो उन्होंने मुझसे दो टूक कहा कि भैया, जो कक्का जी कहिन में आप भाषा बोलते हैं, बुरा मत मानना, वो कहाँ की भाषा है—अवधी है? भोजपुरी है? तो ये बात मैंने वापस आ कर बासु दा से कही तो उन्होंने कहा कि 'लो इसी एपिसोड में तुम्हारी ये दिक़्क़त मैं दूर किए देता हूँ और उन्होंने कक्का जी का एक डायलॉग जोड़ दिया कि—अरे मक्खी का कौनो देश होता है? वो तो जहाँ गुड़ देखा, बैठ गया! तो उन्होंने इस किरदार की बोली को कुछ ऐसे जस्टिफ़ाई किया था। लेकिन मज़ाक़ से इतर, बम्बई में उत्तर प्रदेश के ढेर सारे लोग हैं जो अपनी भाषा में बात करते हैं। अलग-अलग प्रान्त के लोगों की फ़ोनेटिक्स को सुनकर ख़ुद में समाहित कर लेना एक अभिनेता की प्रकृति बन जाती है।

मयंक शेखर : तो इस तरह से आपका ये कहना है कि एक अभिनेता के तौर पर आप चौबीस घंटे काम कर रहे होते हैं। आप लोगों के बोलने के तरीक़ों और उनके हाव-भाव का क्या हमेशा नोट्स ले रहे होते हैं?

ओम पुरी : नहीं-नहीं। ये तो एक अभिनेता का सेकंड नेचर बन जाता है। जैसे उदाहरण के लिए मैं एक फ़िल्म कर रहा था—'डर्टी पॉलिटिक्स'! तो बम्बई से इस फ़िल्म की शूट पर जाने के लिए जब हम फ़्लाइट पकड़ने जा रहे थे तो मैंने बुर्क़ा पहने एक मोहतरमा को देखा—उनके पति और उन्होंने मुझे सलाम किया। जवाब में मैंने उन्हें सलाम किया। फिर मैंने नीचे देखा तो मेरी निगाह मोहतरमा के पैरों की तरफ़ चली गई और मैंने देखा कि उन्होंने नाइकी के जूते पहने हुए थे। मुझे लगा कि ये कुछ अलग मामला है—एक तरफ़ हिजाब और दूसरी तरफ़ नाइकी के जूते। जूतों से वो पढ़ी-लिखी लग रही थीं तो मुझे लगा कि शायद पढ़े-लिखे लोग भी आस्था में यक़ीन रखते होंगे। लेकिन बाद में मुझे मालूम चला कि वो मेरी फ़िल्म में ही काम करने वाली अदाकारा मल्लिका सहरावत थीं जिन्होंने भीड़ से बचने के लिए हिजाब पहना हुआ था। उनको ये ग़लतफ़हमी थी कि हवाई जहाज़ में चढ़ने वाले लोग इतने दक़ियानूसी होंगे कि उन्हें नोच डालेंगे।

मयंक शेखर : चलिए, अब आपके करियर की शुरुआत की तरफ़ चलते हैं। 1975 में आपने अपनी पहली फ़िल्म की जब आप एफटीआइआइ के छात्र थे। लेकिन

अगर पेशेवर तौर पर देखा जाए तो 'घासीराम कोतवाल' आपकी पहली फ़िल्म थी।

ओम पुरी : यहाँ मैं आपको थोड़ा सुधार दूँ। ये शायद इंटरनेट पर ग़लत जानकारी के कारण है लेकिन मेरी पहली फ़िल्म जो रिलीज़ हुई थी वो थी 'गोधूलि' जिसे गिरीश कार्नाड ने डाइरेक्ट किया था। ये फ़िल्म 1978 में आई थी। 'घासीराम कोतवाल', 'गोधूलि' के बाद आई थी। 'गोधूलि' में नसीर और कूलभूषण खरबन्दा भी थे। उस फ़िल्म में हमारे परिवार में किसी का देहान्त हो जाता है, तो हम तीनों ने अपने बाल मुँड़ा रखे थे और यही सोच रहे थे कि फ़्लाइट में लोग हम तीनों को देख के क्या सोच रहे होंगे, कहीं लोग घबरा ना जाएँ। 'घासीराम कोतवाल' उसके बाद बनी।

मयंक शेखर : इंटरनेट पर दी हुई जानकारी कितनी सही होती है मालूम नहीं लेकिन मैंने आइएमडीबी पर मालूम किया तो पता चला कि आपने क़रीब 285 फ़िल्में की हैं।

ओम पुरी : अरे विदेश में तो लोग गश खा जाते हैं, जब उन्हें पता चलता है कि हम यहाँ इतनी सारी फ़िल्में करते हैं। वहाँ तो एक अभिनेता के जीवन में बहुत-से बहुत पैंतीस-चालीस फ़िल्में ही होती हैं।

मयंक शेखर : बहुत-से फ़िल्म-प्रेमी जब आपसे मिलते होंगे और जीवन के कुछ क़िस्से साझा करते होंगे तो आपको ऐसी ग़लतफ़हमी कभी होती है क्या कि ये जो घटना ये कह रहा है वो मेरे साथ सच में हुई थी या ये किसी फ़िल्म का हिस्सा है? क्या सच और सिनेमा के बीच का ये दायरा धूमिल होता है?

ओम पुरी : हाँ, बहुत बार ऐसा होता है। इतनी सारी फ़िल्में हैं कि अगर मैं बैठूँ तो इतनी सारी फ़िल्मों के नाम भी याद नहीं कर पाऊँगा।

मयंक शेखर : कितनी फ़िल्मों के नाम आपको याद होंगे?

ओम पुरी : कम से कम सौ फ़िल्मों के नाम तो याद होंगे ही।

मयंक शेखर : और आप अपनी कितनी फ़िल्मों को दर्शकों की याद में बने देखना चाहते हैं?

ओम पुरी : अगर वो बीस-पच्चीस फ़िल्मों का नाम भी याद रख सकें तो मुझे बड़ी ख़ुशी होगी। मैं ये तो यक़ीन से कह सकता हूँ कि मेरे जाने के बाद, और वो दिन अब दूर नहीं लगता मुझे, फ़िल्म आर्काइव्ज में कम से कम मेरी चालीस से पचास ऐसी फ़िल्में तो ज़रूर होंगी जिन्हें देख के आने वाली पीढ़ियाँ कहेंगी कि 'यार इस बन्दे की नाक थोड़ी मोटी ज़रूर थी लेकिन इसने काम बड़ा अच्छा किया है।'

मयंक शेखर : ओम जी, हमने इस जागरण फ़िल्म फ़ेस्टिवल में एक कॉफ़ी टेबल डिस्कशन की शुरुआत की है और इसमें हमारे पहले मेहमान नसीरुद्दीन शाह थे। उन्होंने कहा कि अगर उन्हें अपने जीवन का सबसे क़रीबी किरदार चुनने को कहा जाएगा तो वे 'निशान्त' फ़िल्म को चुनेंगे। इसमें उनका निभाया किरदार असल ज़िन्दगी में उनकी ही तरह का था। आपकी ज़िन्दगी में भी कोई ऐसा किरदार है क्या जिसमें आप अपना अक्स देखते हों?

ओम पुरी : ऐसे तो बहुत सारे किरदार होंगे लेकिन हमें एहसास नहीं होता है कि हम सब के अन्दर बहुत सारे किरदार होते हैं। अगर आप एक संवेदनशील व्यक्ति हैं और किसी अन्य व्यक्ति से उसका दु:ख या जीवन अनुभव साझा करते हैं तो उसका कुछ न कुछ अंश तो आपके भीतर आ ही जाएगा। और फिर अगर जिस किरदार को आप निभा रहे हो, अगर उसकी विचारधारा आपकी निजी विचारधारा से मिलती-जुलती है; उदाहरण के लिए अगर मैं हिटलर का किरदार निभा रहा हूँ, और उस विचारधारा से सहमत नहीं हूँ लेकिन फिर भी उसे निभाऊँगा। हालाँकि मेरा उस किरदार से जुड़ाव सिर्फ़ और सिर्फ़ किरदार के स्तर तक ही होगा। लेकिन मैंने 'अर्धसत्य' में जो किरदार निभाया था; उसके बारे में मुझे ये मालूम था कि जो ये कह रहा है वो बिलकुल सही है। तो मैंने गोविन्द निहलानी जी से कहा भी था कि 'अर्धसत्य' एक फॉर्मूला है। पुलिस सिस्टम पर आपने फ़िल्म बनाई है कि एक आदमी जो एक करप्ट सिस्टम में ईमानदारी से काम करना चाहता है उसे व्यवस्था में उसके उच्च अधिकारियों और नेताओं के द्वारा दबाया जा रहा है। तो इसीलिए आख़िर में वो सिस्टम को अपने हाथ में लेते हुए बाग़ी हो जाता है और नेता को मार देता है। मैंने कहा कि अगर आप पुलिस को छोड़ दें तो ये कहानी किसी भी सरकारी विभाग के आदमी पर फ़िट बैठती है। बात वही होगी कि सिस्टम कैसे अपने भीतर के ईमानदार कर्मचारियों की आवाज़ को दबाने का काम करता है। मेरा ये मानना है कि इस देश में दस प्रतिशत लोग हैं जो बिलकुल ख़ालिस हैं और उन्हीं की वजह से ये देश चल रहा है। जो भी प्रगति हुई है अपने देश की उन्हीं की वजह से हुई है। अगर एक पढ़ा-लिखा आईएएस ऑफ़िसर है तो उसकी बात सुनो तो सही; लेकिन चूँकि आप एक बाहुबली हैं और शक्ति की बदौलत चुनाव जीत कर आ गए हैं तो आप इस ग़ुरूर में उसकी बात सुनेंगे नहीं। अरे सुनो तो सही उस पढ़े-लिखे व्यक्ति के दिमाग़ में आपके क्षेत्र के विकास के लिए कौन-कौन-सी योजनाएँ हैं; उन पर अमल तो करो जिससे कि अगली बार भी आप चुनाव जीत कर आओ। मैंने रामलीला मैदान में कहा कि संसद के आधे से ज़्यादा लोग अनपढ़ गँवार हैं। इस बात पर बहुत हंगामा हुआ लेकिन अगले दिन जब मैं एयरपोर्ट गया तो इस बात को लेके लोगों ने मुझे बधाइयाँ दीं—सुरक्षाकर्मी से लेकर एयरहोस्टेस तक सबने मुझे कहा कि उन्हें मेरी बात अच्छी लगी। वहीं शरद यादव जी ने संसद में कहा कि ये

ओम पुरी कौन है? मुझे लगा कि उन्हें अपने इलाक़े में जाकर पूछना चाहिए ओम पुरी कौन है—लोग बता देंगे। हालाँकि उनके बारे में अगर पंजाब जाकर पूछूँ तो शायद उन्हें कोई नहीं जानता होगा।

मयंक शेखर : अगर हम 'अर्धसत्य' में आपके उस किरदार की बात करें, वो नौजवान पुलिस इन्स्पेक्टर, तो क्या आप फ़िल्म इंडस्ट्री में उसी तरह से ख़ुद को उस तरह के सिस्टम का हिस्सा मानते हैं जहाँ वो इन्स्पेक्टर विलेंगकर सिस्टम का हिस्सा होकर भी, उसका हिस्सा नहीं था। तो क्या इधर इंडस्ट्री में जो एक स्टार सिस्टम है, और आप ईमानदारी से काम करने में यक़ीन रखते हैं तो क्या कभी आपको भी वैसा लगा कि यार, यहाँ मैं मिसफ़िट हूँ?

ओम पुरी : देखिए, मैं सपनों में यक़ीन नहीं रखता हूँ। मैं एक यथार्थवादी व्यक्ति हूँ। अपनी शुरुआती ज़िन्दगी में मैंने कई तरह के काम किए हैं और मुझे इस बात को लेकर ख़ुद पर कोई ख़ास गर्व नहीं है। वो एक कहावत है कि किसी आदमी को इस बात को लेकर बहुत तकलीफ़ थी कि मेरे पास जूते नहीं हैं। फिर एक दिन उसने बिना पैर वाले एक आदमी को देखा और उसे एहसास हुआ कि वो ग़लत था। हम लोगों को अक्सर ऊँचा देखने की आदत है। अरे कभी नीचे भी देख लिया करो, गर्दन अकड़ जाएगी ससुरी! तो असलियत ये है, कि जब मैं छः साल का था तो मुझे चाय की दुकान पर छोड़ दिया गया था। उसके बाद मुझे मामा जी के पास भेज दिया गया। फिर मामा जी ने पैसे देने बन्द कर दिए तो मैं उनसे लड़-झगड़ कर घर से निकल गया। उसके बाद मैं स्कूल का मॉनिटर था और रहने के लिए मैंने स्कूल में ही अड्डा जमा लिया। फिर एक दिन स्कूल के हेडमास्टर ने मुझे स्कूल के चबूतरे पर खाना बनाते हुए देखा तो उन्होंने इसकी शिकायत मेरे मामा से की। इसके बाद, उन्होंने ही मुझे बच्चों की कक्षाओं के कुछ ट्यूशन दिए और किराए का एक कमरा दिया जिसमें रह के मैंने दसवीं के पर्चे पास किए। उसके बाद शहर चला गया कॉलेज के लिए। फिर मैंने वकील के यहाँ नौकरी की। उसने नाटक करने के लिए छुट्टी नहीं दी, तो मैंने कहा ठीक है सर जी फिर हिसाब कर दो। तो ऐसे मैंने नौकरी छोड़ दी। तो मेरे नाटक के साथियों ने टीचर को बताया कि सर जी इसने नाटक के लिए नौकरी छोड़ दी। तो उन्होंने मुझपे तरस खा कर मुझे कॉलेज में ही लैब असिस्टेंट की नौकरी दे दी। फिर कॉलेज में ही एक नाटक हुआ जिसमें मुझे बेस्ट एक्टर का अवार्ड मिला। जज जो थे वो नेशनल स्कूल ऑफ़ ड्रामा के थे। उन्होंने मुझसे अपने ड्रामा ग्रुप पंजाब कला मंच से जुड़ने के लिए कहा। मैंने कहा, जी मैं ज़रूर करता लेकिन मैं यूनिवर्सिटी में काम कर के अपना गुज़ारा कर रहा हूँ। दिन में नौकरी करता हूँ और शाम को कॉलेज करता हूँ। इसके लिए मुझे सवा सौ रुपए मिलते हैं। उन्होंने कहा कि अगर तुम दिन में कॉलेज करो और शाम को नाटक तो

ये कैसा रहेगा ? मैंने कहा जी ये कैसे सम्भव है ? फिर मुझे पैसे कैसे मिलेंगे ? उन्होंने कहा तू हमारी नाटक कम्पनी से जुड़ जा मैं तुझे डेढ़ सौ रुपए दूँगा। तो ऐसे ही बात-बात में मेरी पगार भी बढ़ गई और मैं नाटक भी करने लगा। बाद में मुझे एलडीसी की नौकरी भी मिल गई थी जिसे बाद में एनएसडी में सलेक्ट होने के बाद मैंने छोड़ दिया, क्योंकि मुझे बाद में लगा कि ये मुझे करना ही नहीं था। जिसमें दिल लगा मैंने वही किया। एक तरह से कैल्क्युलेटेड रिस्क उठाया है अपने जीवन में लेकिन मेरी इच्छाएँ कभी भी बहुत अधिक भौतिक नहीं रही हैं। मुझे गाड़ी चाहिए लेकिन वो मर्सेडीज़ हो ये ज़रूरी नहीं। मेरी एक फ़िल्म 'आस्था' में मेरी बेटी को जूते चाहिए होते हैं और मैं कहता हूँ कि इसे अच्छे जूते चाहिए लेकिन वो नाइकी के हों ये ज़रूरी तो नहीं। तो कुछ ऐसी ही बात है। ये जो भौतिकता की होड़ है, टीवी पर जो दिखता है, जूते, आभूषण, कार—समाज में अपराध के बढ़ने के पीछे ये भी तो एक कारण है। समाज में जो वर्गों के बीच ये बढ़ रही खाई है—वो हमारी इच्छाओं की वजह से ही है। पश्चिम में ऐसा नहीं है। भारत तो अब चलो तीसरी दुनिया का मुल्क नहीं है लेकिन यहाँ अब भी ये समस्याएँ हैं। अपने यहाँ हम दो ही चीज़ें प्रोड्यूस करने को लेकर गम्भीर हैं—एक हिन्दी फ़िल्में, दूसरे बच्चे।

मयंक शेखर : जब आपने थिएटर ख़त्म किया और एफटीआइआइ से फ़िल्मों में अभिनय की ट्रेनिंग ली, तो उस वक़्त एक आर्ट हाउस मूवमेंट शुरू हुआ था, एक पैरेलल सिनेमा का समय आ रहा था। हालाँकि आपने कहा कि आप स्टार नहीं बनना चाहते थे लेकिन उस आर्ट हाउस सिनेमा में भी एक स्टार सिस्टम शुरू हो गया था जिसके स्टार थे आप, नसीर, शबाना आज़मी और स्मिता।

ओम पुरी : हम तो वो स्टार हैं जो भुलाए नहीं जा सकते हैं। जैसे हम मोती लाल को नहीं भुला सकते हैं, बलराज साहनी को नहीं भुला सकते हैं, राज कपूर को नहीं भुला सकते हैं, दिलीप कुमार को नहीं भुला सकते हैं—क्योंकि जब भी सिनेमा की बात होगी उनका ज़िक्र होगा ही होगा। लोग हमको भी भूलेंगे, आज से तीस साल बाद की पीढ़ी शायद ये नहीं जानेगी कि ओम पुरी कौन था। लेकिन सिनेमा के विद्यार्थी हमेशा मुझे या फिर नसीर या स्मिता, शबाना को याद रखेंगे।

मयंक शेखर : आपने नसीर का ज़िक्र किया। हालाँकि इस बात की कोई ज़रूरत नहीं है लेकिन फिर भी अगर हम आपके और उनके बीच तुलनात्मक अध्ययन करें तो नसीर जो हैं कॉन्वेंट स्कूल से पढ़े-लिखे हैं। उनकी अंग्रेज़ी बहुत बढ़िया है। आप दोनों साथ में एक्टिंग स्कूल में थे और बहुत सारी फ़िल्में साथ में कीं। लेकिन ऐसा क्या हुआ ओम जी कि आपने हॉलीवुड में इतना ज़बरदस्त नाम कमाया जबकि इंग्लिश स्कूल से पढ़े नसीर वो वहाँ नहीं पहुँच पाए। क्या ये एक हसीन हादसा था ? कैसे हुआ ये सब ?

ओम पुरी : जब मैं बम्बई आया था, तो मैं और नसीर ये दो लोग हैं जो, इन्हें अगर पढ़ाई के हिसाब से आप जानें तो हम सबसे अधिक क्वालिफ़ाइड एक्टर थे। हमने थिएटर स्कूल में तीन साल और फ़िल्म स्कूल में दो साल पढ़ाई की थी। फिर आठ साल तक, 'अर्धसत्य' के रिलीज़ हो जाने के बाद। उसके डेढ़ साल के बाद मुझे बम्बई में अपना दो रूम का फ़्लैट, समुन्दर के नज़ारे के साथ वाला, मिल गया। तो मैं 'अर्धसत्य' को अपनी लॉटरी मानता हूँ और गोविन्द निहलानी को अपना मेंटर। मैंने अपना सबसे बेहतर काम उनकी फ़िल्मों में ही किया है—'अर्धसत्य', 'तमस', 'द्रोहकाल', 'पार्टी', 'आक्रोश', 'आघात', 'देव'। अच्छी पढ़ाई का सिलसिला तो एनएसडी से ही शुरू हो गया था—वहाँ पढ़ाई का मीडियम इंग्लिश था। सिवाय मॉडर्न इंडियन ड्रामा के सारे सब्जेक्ट इंग्लिश में पढ़ाए जाते थे। मैं पंजाबी मीडियम से आया था और मुझे वहाँ की अंग्रेज़ी से घुटन होने लगी थी। मैंने तक़रीबन वहाँ से जाने का मन बना लिया था; लेकिन इसकी भनक डाइरेक्टर साहेब को लग गई और उन्होंने कुछ जासूस सीनियर मेरे पीछे लगा दिए। फिर उन्होंने मुझे बुलाकर कहा कि लिटरेचर और उसमें भी वेस्टर्न लिटरेचर के अलावा बाक़ी सारे विषयों में तो तुम्हारे अव्वल नम्बर हैं। अंग्रेज़ी कोई हव्वा नहीं; ये भी पंजाबी या हिन्दी की तरह ही एक भाषा है। अंग्रेज़ी ही है ना, आप सीख लोगे। और इसे इम्प्रूव करने के लिए अख़बार आता है अंग्रेज़ी का, उसे अपने कमरे में ज़ोर-ज़ोर से पढ़िए; शॉर्ट स्टोरी की किताब पढ़िए, अंग्रेज़ी में बात करने वाले दोस्तों के साथ बात कीजिए। तो मैं पूरी बेशर्मी से उनकी इस बात का पालन करने लग गया। आज तक मैंने ख़ुद के भीतर इस बेशर्मी को बचा के रखा है। अभी हाल में मुझे पाकिस्तान में उर्दू बोलने का मन किया और सही-ग़लत की परवाह किए बिना मैंने उर्दू में बात की। तो अपने भीतर से इस डर को निकाल फेंकना सबसे ज़्यादा ज़रूरी है।

हॉलीवुड वाली बात तो बीच में ही छूट गई। ये हादसा ऐसे हुआ कि 1981 में 'आक्रोश' के रिलीज़ होने के बाद सबसे पहला जो अंग्रेज़ी में मुझे काम मिला था, वो एक टेलीविज़न सीरीज़ थी लम्बी, 'ज्वेल इन दी क्राउन'। उसके लिए जेनिफ़र कपूर, शशि कपूर जी की पत्नी ने मेरा नाम उनको सुझाया और मैंने उसमें तीन एपिसोड में काम किया। वो मेरी पहली बड़ी तनख़्वाह थी। मुझे एक महीने में पचास हज़ार रुपए मिल गए। और मैंने कहा चलो पचास हज़ार में मैं घर तो नहीं ख़रीद सकता, एक पुरानी सी गाड़ी ख़रीद लेता हूँ। दूसरा काम मुझे 'गांधी' फ़िल्म में मिला जो मेरा एक कैमियो था। इसके बाद जो इंग्लिश फ़िल्म मैंने की, जिसने बाहर मेरी मार्केट को खोलने का काम किया वो थी 'सिटी ऑफ़ जॉय'। बड़ी फ़िल्म थी—पैट्रिक स्वीजी, जो नब्बे के दशक के बड़े स्टार थे, उनके और मेरे पैरेलल रोल थे। और वो फ़िल्म जब रिलीज़ हुई अमेरिका और अन्य पश्चिमी देशों में तो मेरे काम की बहुत तारीफ़ हुई। न्यूयॉर्क टाइम्स ने तो पूरे एक पेज का मेरा इंटरव्यू छापा तो

उससे फिर बात फैली और मुझे वैसी फ़िल्मों के ढेर सारे ऑफ़र आने लगे। लेकिन मुझे जिन फ़िल्मों में अपने काम पर फ़ख़्र है वे ज़्यादातर ब्रिटिश फ़िल्में हैं। ब्रिटिश अवार्ड भी मुझे मिला, मैं बाफ़्टा में भी नामांकित हुआ, क्वीन ने भी मुझे सम्मानित किया, मुझे यूरोपियन बेस्ट ऐक्टर का भी अवार्ड मिला।

मयंक शेखर : तो ये कौन-सी फ़िल्म थी? 'ईस्ट इज ईस्ट' या 'माई सन द फ़नैटिक'?

ओम पुरी : 'माई सन द फ़नैटिक' के लिए मुझे बेस्ट यूरोपियन एक्टर का अवार्ड मिला था क्योंकि वो वहाँ यूरोपियन फ़िल्म फ़ेस्टिवल करते हैं। तो उसमें वो फ़िल्म थी। बाक़ी 'ईस्ट इज ईस्ट' के लिए मुझे बाफ़्टा में नामांकित किया गया था।

मयंक शेखर : 1982 में आपने 'गांधी' में एक छोटा-सा किरदार निभाया और उसी साल एक फ़िल्म आई 'डिस्को डांसर'। अगर इन दोनों की तुलना की जाए तो शायद कहीं कोई तुलना नहीं हो, दोनों ही अलग-अलग क़िस्म की फ़िल्में हैं। आपने पहले भी कहा है कि आपने आर्ट हाउस फ़िल्में इज़्ज़त के लिए कीं और मेनस्ट्रीम फ़िल्में घर चलाने के लिए। जब आप ज़हीन एक्टर हों और जब आप मेनस्ट्रीम फ़िल्में करते हों तो कितना अनलर्न करना पड़ता है इस मीडियम को समझने के लिए?

ओम पुरी : आर्ट सिनेमा ने मुझे अभिनेता के तौर पर एक क्रेडिबिलिटी दी, एक स्टेटस दिया लेकिन वहाँ पैसा नहीं था। आप कल्पना कीजिए कि 'अर्धसत्य' के लिए मुझे पचीस हज़ार रुपए मिले थे, 'आक्रोश' के लिए नौ हज़ार; 'जाने भी दो यारो' मैंने पाँच हज़ार में की थी। मैं शुक्रगुज़ार हूँ आर्ट सिनेमा का कि वो मुझे एक अच्छे अभिनेता के तौर पर एक्सपोज नहीं करता तो मुझे मेनस्ट्रीम सिनेमा में वैसा काम नहीं मिलता जैसा कि मुझे मिला और कमर्शियल सिनेमा का मैं इसलिए शुक्रगुज़ार हूँ कि उसने मुझे अच्छी नौकरी दी, अच्छा घर दिया और एक लाइफ़स्टाइल मिला जो मैं चाहता था। अब ऐसा हो चुका है कि मेरे और मेरे परिवार की सुरक्षा के लिए हमारे पास ठीक-ठाक सम्पत्ति है। अब इतना भी अपार धन नहीं है कि हम हर साल वर्ल्ड टूर पर जाएँ और सच पूछिए तो मुझे इच्छा भी नहीं है। मैं फ्री में ही सिनेमा की सेवा करते-करते आधी दुनिया घूम चुका हूँ।

मयंक शेखर : लेकिन ओम जी मेरा सवाल कुछ दूसरा था। जैसे शबाना आज़मी ने एक बार कहा था कि मेनस्ट्रीम सिनेमा में काम करना ज़्यादा मुश्किल होता है। इसको समझना ज़्यादा मुश्किल है। क्या आपको ऐसा लगता है कि उस सिस्टम की नब्ज़ पकड़ना ज़्यादा मुश्किल है बनिस्बत आर्ट हाउस सिनेमा के?

ओम पुरी : देखिए मेहनत तो वो भी करते हैं—कमर्शियल सिनेमा वाले भी। अब

मसल बनाना, बॉडी बिल्डिंग करना कोई आसान काम थोड़े ही है। कोई कच्चा लड़का मेरे पास अगर कभी अभिनेता बनने की सलाह के लिए आता है तो मैं उससे कहता हूँ—बेटा तू पहले जिम चला जा। ऐक्टिंग तो चल तू बाद में भी सीख लेगा, डोले कब बनाएगा? उनका आप स्टंट देखिए, डांस है, मेहनत तो है लेकिन वो जो चीज़ होती है असली ऐक्टिंग, वो कितनी फ़िल्मों में वे कर पाते हैं?

मयंक शेखर : पर सत्तर के उत्तरार्ध और अस्सी के दशक में जो समानांतर सिनेमा का दौर चला और अब जब हम आज की फ़िल्मों को देखते हैं तो क्या आपको लगता है कि अब वो भेद मिटने लगे हैं हमारी फ़िल्मों से, क्योंकि अब मेनस्ट्रीम फ़िल्में भी वैसे मुद्दों पर बन रही हैं जिन पर पहले सिर्फ़ समानांतर सिनेमा ही बनता था; या फिर अब आर्ट हाउस फ़िल्में भी उन मुद्दों पर बन रही हैं, जिनको पहले सिर्फ़ विशुद्ध रूप से मेनस्ट्रीम का माना जाता था।

ओम पुरी : हाँ, अभी होने लगा है ये लेकिन वो सब्जेक्ट भी हार्ड हिटिंग नहीं हैं। वो इसे डिफ़्यूज़ कर देते हैं। इससे हमें कोई एतराज़ नहीं है कि अभी कुछ निर्देशक अच्छी स्क्रिप्ट, अच्छी कहानी के लिए बड़े स्टार्स को लेते हैं। इसमें कोई दिक़्क़त नहीं है लेकिन वो उसमें भी कुछ न कुछ मसाला ज़रूर डाल देते हैं। जैसे कि कोई आइटम नम्बर डाल देंगे। तो उससे क्या होता है कि चीज़ें डिफ़्यूज हो जाती हैं। अब तकनीक बेहतर ज़रूर हुई है हमारी फ़िल्म मेकिंग की, लेकिन हम अब भी बाहर के सिनेमा से कहानियाँ चुरा रहे हैं जिसकी कोई ज़रूरत नहीं है क्योंकि हमारा ख़ुद का साहित्य इतना विपुल है। हम उससे क्यों नहीं प्रेरित होते हैं? और दूसरी बात ये है कि हम अपनी फ़िल्मों में जादू दिखा रहे होते हैं। देखो गाड़ी उड़ गई, वो देखो उधर से कूद गया दसवें माले से! अरे यार तार बाँध कर कूद रहा है ये भी पता है। दस लोगों को कोई हीरो मार रहा है—अरे यार सड़क पर जाकर मार के दिखाओ।

मयंक शेखर : पर अगर हम बदलाव की बात करें ओम जी, मसलन हम सलमान को ही ले लें, तो इनकी पिछली फ़िल्म जो आई थी, उन्होंने उसमें एक किरदार को निभाया था। तो क्या इसे आप एक बदलाव के रूप में देखते हैं?

ओम पुरी : बिलकुल। उन्होंने उस फ़िल्म में ग़ज़ब का काम किया है। सलमान एक कमाल के व्यक्तित्व हैं, एक बेहतर इंसान हैं। कभी-कभी बहक कर कुछ बोल जाते हैं लेकिन इसमें कोई शक नहीं कि वो एक बेहतरीन अभिनेता हैं। उनका काम पाकिस्तान में बहुत सराहा गया है। 'बजरंगी भाईजान' का टिकट वहाँ भी नहीं मिल रहा था।

मयंक शेखर : हमने आपकी थिएटर और फ़िल्मों में यात्रा का ज़िक्र किया, आपका टेलीविजन में भी एक ख़ासा लम्बा करियर रहा है। उसके बारे में कुछ कहना चाहेंगे?

ओम पुरी : टेलीविज़न में मैंने जो काम किया है, उसके लिए मुझको ख़ुद पर गर्व है। 'मिस्टर योगी' किया, केतन मेहता के साथ तेरह एपिसोड; 'यात्रा' श्याम बेनेगल के साथ किया—रेल यात्रा पर आधारित इस सीरियल में पचास दिन तक एकसाथ ट्रेन में शूट कर रहे थे; भारत के रोज़मर्रा को ट्रेन के सफ़र में खोज रहे थे; फिर 'कक्का जी कहिन'; गुलज़ार साब के साथ तेरह अलग-अलग कहानियाँ की; फिर 'तमस' किया, 'भारत एक खोज' किया। तो इस तरह का काम मैंने किया है; तो आजकल जो सास-बहू वाले सीरियल के लिए मुझे ऑफ़र आते हैं तो मैं उन्हें ये कह के ठुकरा देता हूँ कि मैं इतना अच्छा काम किया है पहले, उसके बाद अब ये सब मुझसे नहीं होगा।

मयंक शेखर : सो मूलतः आपका जो एक दौर रहा है; वो बहुत-से लोगों का मानना है कि सिनेमा का सुनहरा दौर था। आप सही समय में सही जगह पर थे। अब तो सरकार आर्ट सिनेमा को भी सपोर्ट नहीं करती है। आपने तो ख़ैर मेनस्ट्रीम सिनेमा में भी ठीकठाक काम किया है। इसके बारे में आपका क्या कहना है?

ओम पुरी : मैं बताता हूँ; मुझमें कभी ये कॉम्प्लेक्स नहीं रहा कि ये टीवी का काम है या रेडियो का काम है तो नहीं करूँगा! आज भी जब मेरे सामने कोई नया बच्चा आता है काम के बारे में पूछने तो मैं उससे कहता हूँ कि जो भी अच्छा काम हो चाहे वो टीवी का हो या रेडियो या फिर डॉक्युमेंटरी; कुछ भी हो, सब करो। छोटा-बड़ा मत देखो; वो करने से भी पता चल जाएगा कि कितना दम है। जैसे 'स्पर्श' में मेरा किरदार दो मिनट का ही था, लेकिन अक्सर लोग मुझे उस किरदार के लिए साधुवाद देते हैं कि आपने अंधे का रोल कितना कन्विन्सिंग्ली निभाया था। और 'गांधी' में सिर्फ़ एक सीन था और जब उस फ़िल्म को ऑस्कर मिल रहा था तब भी उसी सीन को दिखाया गया था। उस एक सीन में पूरी फ़िल्म का सार छुपा हुआ था। अभी 'बजरंगी भाईजान' में मेरा कितना बड़ा किरदार था? बहुत छोटा-सा! लेकिन सब लोगों ने उसकी तारीफ़ की। सही समय पर मैं यहाँ आया, एक हद तक ये बात भी सही है लेकिन मुझमें काम या किरदारों को लेकर कोई कॉम्प्लेक्स नहीं था, एक हद तक ये बात भी सही है।

मयंक शेखर : एक समय में जब आपने एक चाय की दुकान में कप भी धोए और तब से लेकर आज तक क्या आपको लगा था कि आप एक प्रोफ़ेशनल एक्टर बनेंगे जिसे पंजाब से लेकर बिहार तब सब जानेंगे?

ओम पुरी : ये तो कभी सोचा नहीं था लेकिन छह साल की उम्र से एक चीज़ जो मुझे परेशान करती थी वो थी सड़कों पर का वर्ग-विभेद। जब मैं ग़रीब लड़के को देखता था या भिखारी को देखता था तो मैं अपने इष्ट देव कृष्ण से उस उम्र में भी

ये माँगता था कि हे प्रभु, मुझे जीवन में इस क़ाबिल बनाना कि मैं आगे चलकर उनकी मदद कर सकूँ। मुझे ख़ुशी है कि मैं ये कर सका। मैं अपनी बिल्डिंग के माली की, घर में काम करने वाले आदमी की मदद करता हूँ। उससे ज़्यादा आपके पास अगर है तो आप समाज के लिए कुछ और बड़ा कर सकते हो। अभी मुझे सिने आर्टिस्ट एसोसिएशन का अध्यक्ष बना दिया गया है तो भाषण में मैंने कहा कि यार, हमारे सीनियर आर्टिस्ट जो सालों इंडस्ट्री का काम करते हैं, उनकी पेंशन बढ़ाते हैं। मैंने कहा हमारे इस एसोसिएशन में इस साल से जो मैं रिटर्न भरूँगा, उसके बाद बची हुई राशि का एक प्रतिशत उनकी पेंशन के मद में दूँगा। बहुत सारे स्टार्स इतनी ग़ुरबत में मरे हैं कि दवा के पैसे नहीं थे उनके पास!

मयंक शेखर : आपकी भी ज़िन्दगी में बहुत सारे उतार-चढ़ाव रहे हैं। आपने ओप्राह विन्फ्रे के साथ एक फ़िल्म की है। वे एक टॉक शो होस्ट करती हैं और उसके अन्त में एक सवाल करती हैं कि आपकी ज़िन्दगी में वैसी एक चीज़ कौन-सी है जो कभी नहीं बदलेगी?

ओम पुरी : मेरे मन में जो आता है, वो मैं कह देता हूँ। और ये मैं शायद ताउम्र कहता रहूँगा। अगर कोई मुझसे कहता है कि आपके कहे में कुछ ग़लत है और मुझे लगता है कि मैं ग़लत हूँ, तो मैं विनम्रता से उससे माफ़ी भी माँग लूँगा।

नसीरुद्दीन शाह

नसीरुद्दीन शाह भारतीय थिएटर और सिनेमा का एक बड़ा नाम हैं। तीन 'फ़िल्मफ़ेयर अवार्ड', तीन 'नेशनल अवार्ड' और 'वेनिस फ़िल्म फ़ेस्टिवल' में मिले एक अवार्ड के साथ ही उन्हें भारत सरकार द्वारा फ़िल्मों में विशिष्ट योगदान के लिए 'पद्मश्री' व 'पद्मभूषण' से सम्मानित किया जा चुका है। नसीरुद्दीन ने यूँ तो अपने करियर की शुरुआत फ़िल्म 'निशान्त' से की थी, लेकिन छोटे पर्दे पर गुलज़ार का सीरियल 'मिर्ज़ा ग़ालिब' उस मील के पत्थर की तरह है, जिसे उन्होंने हर कामयाबी के बाद पलटकर देखा। हाल ही में कल्कि केकलां के साथ आई उनकी फ़िल्म 'वेटिंग' भी आर्ट सिनेमा का अच्छा नमूना है।

बातचीत

नसीरुद्दीन शाह | मयंक शेखर

मयंक शेखर : मुम्बई में जब हमने आपसे इस कार्यक्रम के लिए सम्पर्क किया और शहरों की सूचियाँ और तारीख़ आपके सामने रखीं तो आपने देहरादून को चुना। इस शहर से अपने ख़ास रिश्ते के बारे में कुछ बताएँ?

नसीरुद्दीन शाह : देहरादून से ज़्यादा, मसूरी से रिश्ता है। मेरे वालिदैन अपने रिटायरमेंट के बाद वहीं जा बसे तो वहाँ अक्सर आना-जाना लगा रहता था। मेरठ से मसूरी तक का वो तक़लीफ़देह सफ़र जब हम बस पर धक्के खाते हुए जाते थे। देहरादून से रिश्ता ऐसा है कि मेरे भाईसाब यहाँ आईएमए में ट्रेनिंग ले रहे थे, तो उनके पासिंग आउट परेड में आना हुआ था। साथ ही मेरे दोनों बच्चे भी यहीं दून स्कूल से पढ़े हुए हैं और उनके आने से पहले से ही हमारा उस स्कूल से रिश्ता बन गया था। मेरे एक दोस्त हैं आरपी जो आज यहाँ हैं, तो हम लोग जाकर वहाँ बच्चों के लिए नाटक किया करते थे। इसके अलावा एक फ़िल्म की शूटिंग भी मैंने यहाँ देहरादून में की है—'वसुन्धरा' नाम की—जो कभी बदकिस्मती से रिलीज़ नहीं हो पाई। लेकिन बहुत अज़ीज़ है मुझे ये इलाक़ा, ये मुझे घर जैसा लगता है।

मयंक शेखर : यहाँ आते वक़्त फ़्लाइट पर मैंने एक दोस्त बनाया जिनका नाम सतीश शर्मा है और वो यहाँ तिग्मांशु धूलिया के पड़ोसी हैं। वो मुझे बता रहे थे कि तिग्मांशु का ऐसा मानना है कि बम्बई शहर एक ऑफ़िस के जैसा है जहाँ हर कोई काम करने के लिए तो जाना चाहता है पर रहना कहीं और चाहता है। क्या आपके साथ भी कुछ ऐसा है?

नसीरुद्दीन शाह : मेरे ख़याल से मैं बम्बई के अलावा कहीं और रह नहीं सकता। मैं ख़ुद को बम्बईवाला समझता हूँ क्योंकि मैंने अपनी ज़िन्दगी के चालीस साल बम्बई में गुज़ारे हैं, इससे पहले मैं बोर्डिंग स्कूल और ड्रामा स्कूल के सिलसिले में यहाँ से वहाँ भटकता रहा लेकिन आख़िर में बम्बई में ही अपने जीवन का सबसे लम्बा हिस्सा गुज़रा। लगाव मेरा मसूरी और देहरादून से जज़्बाती तौर पर ज़रूर है,

लेकिन मेरा घर बम्बई ही है। वो मेरा दफ़्तर भी है और घर भी। सोलह साल की उम्र में जब से मैं वहाँ गया, कभी भी वो शहर मुझे ख़ौफ़नाक नहीं लगा। मुझे हमेशा वहाँ घर जैसा ही महसूस हुआ।

मयंक शेखर : नसीर, एक व्यक्ति के रूप में आप किस भाषा में सोचते हैं?

नसीरुद्दीन शाह : मुझे लगता है मैं उर्दू में सोचता हूँ। क्योंकि सबसे पहले इसी ज़बान में मैंने बोलना सीखा था। फिर पाँच साल की उम्र में जब मैं बोर्डिंग स्कूल में गया तो वहाँ अंग्रेज़ी बोलने लग गया। वहाँ तो ख़ैर हिन्दी भी अंग्रेज़ी में पढ़ाई जाती थी। तो मैं वहाँ रहकर अपनी उर्दू भूल गया। शायद मैं उन ख़ुशक़िस्मत लोगों में से हूँ जो उर्दू और अंग्रेज़ी दोनों में सोच सकते हैं। बल्कि उर्दू में थोड़ी हिचक होती है, मेरा उर्दू का शब्दकोश उतना बड़ा नहीं है। यहाँ मैं ये भी कहना चाहता हूँ कि मैं हिन्दी को उर्दू से मुख़्तलिफ़ नहीं समझता हूँ। इसलिए मुझे वैसी लिखाई अच्छी लगती है जहाँ ये दोनों भाषाएँ बराबर मौजूद रहें। आज़ादी के बाद हुआ ये कि हमने अपने रेडियो पर कठिन हिन्दी का प्रयोग शुरू कर दिया और वहाँ पाकिस्तान में ना समझ में आने की हद तक मुश्किल उर्दू में ख़बरें सुनाई जाने लगीं हालाँकि दुनिया की सबसे ख़राब उर्दू पाकिस्तान में ही बोली जाती है।

मयंक शेखर : लेकिन आपने हिन्दी और उर्दू दोनों भाषाओं में थिएटर और फ़िल्में की हैं। आपने अंग्रेज़ी फ़िल्मों और नाटकों में भी काम किया है। जब आप इन दोनों ज़बानों में काम करते हैं, एक अभिनेता के तौर पर कितना मुश्किल होता है दोनों भाषाओं में काम कर पाना?

नसीरुद्दीन शाह : मुश्किल नहीं है। कोई अन्तर भी नहीं है क्योंकि कला एक ही है। लेकिन मुझे हिन्दुस्तानी में काम करते वक़्त ज़्यादा अपनापन महसूस होता है। मेरे रीफ़्लेक्स हिन्दुस्तानी लहजे में काम करते वक़्त ज़्यादा अच्छे से काम करते हैं। अंग्रेज़ी में एक तरह का बनावटीपन महसूस होता है। ये मेरी अपनी चीज़ नहीं है, इस बात का एहसास मुझे हमेशा होता है। मेरी अपनी थिएटर कम्पनी है, 'मॉट्ली', जो 1989 में शुरू हुई और हम लोग अंग्रेज़ी के ही नाटक करते रहे क्योंकि हम लोग अंग्रेज़ी के ही ग्रेजुएट थे सभी। कई साल तक हम अंग्रेज़ी में ही नाटक करते रहे और हमारी कम्पनी एक अंग्रेज़ी नाटक कम्पनी के रूप में ही मशहूर होने लगी जो कि मुझे बिलकुल भी अच्छा नहीं लगता था क्योंकि एक तो मैं अंग्रेज़ी को भी हिन्दुस्तानी ज़बान ही समझता हूँ। आप बम्बई में किसी ऑटो वाले से कहें कि ज़रा बाएँ हाथ पे मुड़ना तो शायद वो ना समझे लेकिन लेफ़्ट टर्न मारने को कहोगे तो वो ज़रूर समझ जाएगा। लेकिन हिन्दुस्तानी में लिखे हुए नाटकों की संख्या इतनी सीमित है, जैसे कि अब हिन्दी के मशहूर नाटक 'आधे-अधूरे', 'अंधा युग' कि इन्हें

दुबारा करने का मतलब नहीं था। तो इसलिए मैंने हिन्दी/ हिन्दुस्तानी साहित्य पढ़ना शुरू किया और मैंने इसकी शुरुआत इस्मत चुग़ताई को पढ़ने से की। और जैसे ही उनकी कहानियाँ मैंने पढ़नी शुरू कीं तो मुझे लगा ये तो मेरे ख़ानदान की कहानियाँ हैं, मुझे बहुत अपनापन महसूस हुआ। इसीलिए उस ज़बान में मुझे स्टेज पर काम कर के बहुत मज़ा आया।

मयंक शेखर : आपने दिल्ली में भी इस बात का ज़िक्र किया था कि बहुत–से लोगों में हिन्दी और इंग्लिश को लेकर एक ख़ास तरह का कॉम्प्लेक्स है। यहाँ मैं ओम पुरी का ज़िक्र करना चाहूँगा जिनसे मैंने अभी कुछ दिनों पहले कानपुर में चर्चा की थी और वहाँ मुझे पता चला कि वो अपनी ख़राब अंग्रेज़ी के चलते एनएसडी छोड़ना चाहते थे, लेकिन फिर एक दौर आया जब उन्होंने हॉलीवुड और कई अंग्रेज़ी फ़िल्मों में काम किया। तो क्या अंग्रेज़ी एक ऐसी चीज़ है जिसे बाद में सुधारा जा सकता है?

नसीरुद्दीन शाह : हाँ, ये मुमकिन है लेकिन ये हर एक के बस की बात नहीं है। आप में ओम पुरी के स्तर की लगन होना चाहिए। नाट्य विद्यालय में ओम किस तरह का विद्यार्थी था मैं इसके बारे में शायद घंटों बात कर सकता हूँ। मेरे लिए तो वह वहाँ पर एक उदाहरण था; एक ऐसा अभिनेता जो अपनी कमियों के बावजूद भारत ही नहीं वैश्विक स्तर पर एक महान अभिनेता बनता है। एक ऐसा लड़का जो अपनी कमियों को लेकर एक ख़ास क़िस्म के कॉम्प्लेक्स में जीता था, बात करते हुए हिचकिचाता था, उसकी हिन्दी भी कमज़ोर थी चूँकि वो पटियाला, पंजाब से आया था। इसके बावजूद उसने ख़ुद पर मेहनत की और इतना सफल हुआ। 'इन बॉर्न टैलेंट' जैसी कोई चीज़ होती है, मैं नहीं मानता।

मयंक शेखर : जी बिलकुल। हम यहाँ अंग्रेज़ी और हिन्दी के बारे में बात कर रहे हैं। इसको लेकर एक सोच ये भी है कि हिन्दी जो है वो 'भारत' की भाषा है और इंग्लिश 'इंडिया' की। आपने काफ़ी बार ये कहा है कि 80 के दशक का जो आर्ट हाउस सिनेमा था, उस आन्दोलन की बागडोर ऐसे लोगों के हाथ में थी जो 'भारत' से नहीं बल्कि 'इंडिया' से ताल्लुक़ रखते थे। जो साउथ बॉम्बे में रहकर उन गाँवों के बारे में कहानियाँ कहना चाहते थे जिनके बारे में उन्हें कोई ख़ास समझ नहीं थी। क्या आप अब भी अपने इस विचार पर यक़ीन रखते हैं?

नसीरुद्दीन शाह : जी बिलकुल। इसमें पीआर का भी बहुत बड़ा योगदान था। अब आप ये देखें कि अन्तर्राष्ट्रीय स्तर पर एक सत्यजीत रे ही थे जिन्हें जाना गया; गुरुदत्त, महबूब ख़ान, बिमल रॉय इन सब को अन्तर्राष्ट्रीय स्तर पर बहुत बाद में जाना गया। पेरिस में अब जाकर उनकी फ़िल्मों के रेट्रॉस्पेक्टिव्ज़ होते हैं। उस ज़माने

में उनको कोई नहीं जानता था। ऋत्विक घटक को कोई नहीं जानता था। हर कोई रे साब को ही जानता था और यहाँ मैं रे साब की प्रतिभा को नकार नहीं रहा हूँ पर वो इकलौते प्रतिभाशाली नहीं थे। इसलिए मैं कहता हूँ कि इस तरह की ख्यातियों को अर्जित करने में पीआर का बड़ा योगदान होता है। सत्तर-अस्सी के दशक में यही हुआ। अब क्या हो रहा है कि जो नौजवान लड़के-लड़कियाँ फ़िल्म बना रहे हैं या नाटक लिख रहे हैं, वो उन ही मसलों पर फ़िल्में बना रहे हैं जिनसे उनका सीधा साबक़ा है, जिन मुद्दों को वो सीधे तौर पर जानते हैं। अब ये नहीं है कि मैंने कहीं सुना था कि कोल माइंस में मज़दूरों पर बहुत जुल्म होता है तो मैं उस पर एक दिल हिला देने वाली फ़िल्म बनाने की सोचने लगूँगा। मराठी पर अगर आप ग़ौर करें, तो पाएँगे कि गाँव से जुड़ी बेहतरीन फ़िल्में उसमें बनने लगी हैं। उन्हें ऐसे लोग बना रहे हैं जिन्हें उन गाँवों का तजुरबा है।

मयंक शेखर : ऐसे में क्या कहीं आपको ऐसा लगता है कि समानांतर सिनेमा और व्यावसायिक सिनेमा के कुछ आयाम एक-दूसरे को ओवरलैप कर रहे हैं? क्योंकि जैसा आपने कहा कि नई पीढ़ी के कई लेखक-निर्देशक जो बाज़ार के लिए फ़िल्में बना रहे हैं उन्हें उन छोटे शहरों, क़स्बों के बारे में फ़र्स्ट हैंड अनुभव है। जैसे कि अभिषेक चौबे हैं जो जमशेदपुर से हैं, इम्तियाज़ अली पटना से हैं, विशाल भारद्वाज मेरठ से हैं, अनुराग कश्यप बनारस से हैं। ये सभी बाहर का सिनेमा भी देखते हैं और अन्दरूनी बारीक़ियों से भी वाक़िफ़ हैं।

नसीरुद्दीन शाह : हाँ ये भी है और साथ में ये भी है कि इन सभी को क्राफ़्ट के बारे में सत्तर- अस्सी के दशक के लोगों से ज़्यादा जानकारी है। सत्तर के दशक की कई फ़िल्में जिनकी बहुत तारीफ़ हुई है, अगर आप उन्हें सिनेमाई कसौटी पर बारीक़ी से देखेंगे तो वहाँ वो कमज़ोर थीं। हालाँकि उनका कथ्य मज़बूत था लेकिन सिनेमाई तौर पर वो कमज़ोर थीं और अगर आप इन निर्देशकों को देखेंगे तो पाएँगे कि इन्होंने अपने सिनेमा में मिट्टी की उस ख़ुशबू को बरक़रार रखा है। बच्चन साब की सबसे बड़ी ख़ासियत भी मेरी समझ से यही थी, कि उन्होंने इस ख़ुशबू को अपने अभिनय में बरक़रार रखा था। वो सोफ़िस्टिकेशन जो होता है, वो उनमें बहुत बाद में आया। शुरुआत के दिनों में उनमें वो देसी, इलाहाबादी ख़ुशबू, वो ठसक थी जिसने उन्हें इस मुक़ाम तक पहुँचाया।

मयंक शेखर : क्या आपको लगता है कि समानांतर सिनेमा और बाज़ार के लिए बनने वाली फ़िल्मों के बीच अन्तर का एक ख़ास कारण संगीत भी रहा है? क्या आपको लगता है कि अब बन रही फ़िल्मों में गानों का इस्तेमाल ज़्यादा होशियारी से किया जा रहा है बनिस्बत सत्तर के दशक में बन रहे समानांतर सिनेमा के?

नसीरुद्दीन शाह : पहली बात तो ये कि मैं चाहता हूँ कि पैरेलल और कमर्शियल सिनेमा के बीच का ये अन्तर ही मिट जाना चाहिए। सिनेमा सिर्फ़ दो तरह का होता है—या तो अच्छा सिनेमा या बुरा सिनेमा। पचास गानों के साथ भी एक अच्छी फ़िल्म बन सकती है और एक गाने के साथ भी अच्छी बनाई जा सकती है। गानों का अब कुछ ऐसा हो गया है और यहाँ मैं उस बूढ़े की तरह साउंड नहीं करना चाहता हूँ कि 'भाई, हमारे ज़माने में तो ऐसे गाने बनते थे।' हमारे ज़माने में भी कई ख़राब गाने होते थे जिनमें बुरी शायरी होती थी लेकिन आजकल बहुत अच्छे गानों की तादाद कुछ कम हो गई है इतना मैं ज़रूर कहूँगा। आजकल गाना सुनने के लिए नहीं है, वो आप पर आक्रमण करने के लिए है। बस एक बीट होती है लेकिन उनके अल्फ़ाज़ समझ नहीं आते हैं। ये हमारे सेन्स पर एक क़िस्म का आक्रमण है—जहाँ चुप्पी का दूर-दूर तक अता-पता नहीं है, शोर ही शोर है। मैं आजकल के गीतों का मुरीद नहीं हूँ। देवानन्द साब की एक फ़िल्म के एक गाने के बोल याद आते हैं—'टीन कनस्तर पीट-पीट के, गला फाड़ के चिल्लाना; यार मेरे मत बुरा मान; ये गाना है ना बजाना!' ये बात उन्होंने पचास के दशक में कही थी—उस ज़माने के रॉक एंड रोल की तरह।

मयंक शेखर : ठीक है आप सिनेमा में फ़र्क़ ना करें लेकिन आपने अपनी किताब में बम्बई के सिनेमा के बारे में बात करते हुए कहा है कि वहाँ तीन तरह की पिक्चर बनती हैं—एक है स्टोरी पिक्चर, एक फ़ैमिली पिक्चर और एक है फ़ाइटिंग पिक्चर। इन तीनों में क्या फ़र्क़ है?

नसीरुद्दीन शाह : भाई, फ़ैमिली पिक्चर वो है जहाँ आप अपनी फ़ैमिली को ले जा सकते हो; स्टोरी पिक्चर में ये ज़रूरी नहीं कि आप फ़ैमिली को ले जा सको क्योंकि उसमें कुछ गन्दी बातें भी हो सकती हैं और फ़ाइटिंग पिक्चर वो है जिसमें ढेर सारे घूँसे-मुक्के हों, जिसमें सीटियाँ बजाने और सिक्के फेंकने की गुंजाइश हो।

मयंक शेखर : लेकिन आपने ये भी कहा है कि अपने घर का ख़र्चा निकालने के लिए आपने बहुत सारी फ़ैमिली और फ़ाइटिंग फ़िल्मों में भी काम किया है। क्या सिर्फ़ यही एक कारण है कि आपने वैसी फ़िल्मों में काम किया है?

नसीरुद्दीन शाह : हाँ ये भी एक कारण है। लेकिन ये भी है कि आला दर्जे की फ़िल्में, जैसी बच्चन साब किया करते थे, तो मेरे पास आती नहीं थीं क्योंकि मेरे नाम से फ़ाइनैंस आना नहीं था। लेकिन उसी तरह की बी सी ग्रेड की फ़िल्में जब मेरे पास आती थीं तो मैं उनमें देखता था कि इनमें से कौन-सी फ़िल्म बढ़िया बन सकती है। सिक्का उछालने वाली बात थी और वो मैं करता था और इसी चक्कर में मैंने 'मुझे मेरी बीवी से बचाओ' और 'ज़िन्दा जला दूँगा' क़िस्म की फ़िल्में भी कीं।

मयंक शेखर : बक़ौल शबाना आज़मी, पॉपुलर व्यावसायिक फ़िल्मों में काम करना ज़्यादा कठिन है, बनिस्बत गम्भीर आर्ट हाउस फ़िल्मों के। क्या आप उनकी इस बात से सहमत हैं?

नसीरुद्दीन शाह : ज़रूरी नहीं है कि ऐसा हो। लेकिन मैं उनकी बात से हैरान नहीं हूँ क्योंकि मुझे बड़ा मुश्किल लगा पॉपुलर फ़िल्मों में काम करना। मुझे नहीं लगता कि 'डर्टी पिक्चर' को छोड़ कर मैंने अपनी किसी भी कमर्शियल फ़िल्म में सन्तोषजनक काम किया है। 'इश्किया' को भी मैं पूरी तरह से व्यावसायिक फ़िल्म नहीं मानता हूँ क्योंकि ये सब कुछ इस बात पर निर्भर करता है कि आपने ट्रेनिंग कैसे ली है। एक अभिनेता या लेखक या कवि के लिए मार्गदर्शन के ठिकाने बहुत कम हैं तो मैंने तो अपनी ट्रेनिंग दूसरे अभिनेताओं के काम को देख-देखकर ली है।

मयंक शेखर : सही बात। लेकिन व्यावसायिक सिनेमा के भीतर भी अभिनेताओं के लिए तरह-तरह के वर्गीकरण हैं; जूनियर आर्टिस्ट, कैरेक्टर एक्टर। इसको आप किस तरह से देखते हैं? क्या लीड ऐक्टर कोई किरदार नहीं कर रहा होता है? ये वर्गीकरण कहाँ से आया?

नसीरुद्दीन शाह : ये मुझे भी समझ में नहीं आता है। लेकिन शायद ऐसा वर्गीकरण निर्माता जो पैसे लगा रहा है उसकी तरफ़ से किया जाता होगा। हालाँकि यहाँ मैं वापस शबाना की बात करना चाहूँगा। उसकी और मेरी कठिनाई शायद इस वजह से है कि हमने ख़ुद को व्यावसायिक सिनेमा कि शर्तों के मुताबिक़ ट्रेन नहीं किया। यहाँ मैं रणवीर सिंह के बारे में कहना चाहूँगा—जो मुझे कमाल का एक्टर लगता है—उसने ख़ुद को इस तरह के सिनेमा के मुताबिक़ ट्रेन किया है। या फिर आप मिथुन चक्रवर्ती को देख लीजिए जिन्होंने ख़ुद को इस तरह के सिनेमा के मुताबिक़ ढाला है। शक्ति कपूर और मैं फ़िल्म इंस्टिट्यूट में एक ही क्लास में थे और उस क्लास के बाईस लोगों में से अब सिर्फ़ मैं और शक्ति ही यहाँ इंडस्ट्री में जमे हुए हैं, बाक़ी कहीं ग़ायब हो गए। हमने एक ही तरह के लेक्चर अटेंड किए, एक ही शिक्षक से ज्ञान अर्जित किया लेकिन शक्ति को जो सीखना था उसने सीखा और मुझे जो सीखना था वो मैंने सीखा।

मयंक शेखर : एक स्तर पर आप ये भी कह रहे हैं कि चूँकि आपने उस तरह की ट्रेनिंग नहीं ली है तो आपको उस तरह के किरदार निभाने में मुश्किल आती है।

नसीरुद्दीन शाह : हाँ, क्योंकि मैंने सपने में भी नहीं सोचा था कि मुझे इन फ़िल्मों में गाने गाने पड़ेंगे। मुझे लगा था कि बहुत-से-बहुत मुझे एक पुलिस वाले या ईमानदार यूनियन लीडर या किसी कवि या डॉक्टर का रोल निभाने को मिलेगा। मैंने अपने ख़्वाबों में भी नहीं सोचा था कि पचीस साल बाद मुझे ओए होए जैसे किसी

गाने के लिए याद किया जाएगा; इसीलिए मैंने उसकी तैयारी भी नहीं की। अब 'त्रिदेव' क्यों चली मुझे पता नहीं, शायद इसके पीछे मेरी माँ की दुआ थी वरना उस वक़्त मैं बम्बई से अपना बोरिया-बिस्तर बाँधने वाला था और लोगों को भी शायद वो इसलिए पसन्द आई क्योंकि उन्हें मुझसे इस तरह के काम की उम्मीद नहीं थी।

मयंक शेखर : सिनेमा को अब भी इस देश में उस ट्राइबल आर्ट फ़ॉर्म की तरह देखा जाता है जो लार्जर दैन लाइफ़ है; ढेर सारे लोग एकसाथ बैठकर इस आर्ट फ़ॉर्म में इस इमेज को देख रहे होते हैं। तो ऐसे में नैचुरली वैसे लार्जर दैन लाइफ़ किरदार भी लिखे जाएँगे जो इस कला माध्यम की बुनियादी दिक़्क़त है। आपका इस बारे में क्या मानना है?

नसीरुद्दीन शाह : बिलकुल; सिनेमा को यहाँ लार्जर दैन लाइफ़ ही माना जाता रहा है। और फिर ये हमारी फ़ैंटसीज़ को सन्तुष्ट करने का भी तरीक़ा बन गया है इसलिए ऐसी फ़िल्में बना करती हैं। मेरे साथ जो हुआ उसको समझने के लिए उस दौर को समझना ज़रूरी है। 1973 में जब मैं फ़िल्म इंस्टिट्यूट गया, तो उस वक़्त श्याम बेनेगल की 'अंकुर', मृणाल सेन की 'भुवन शोम' और बासु चैटर्जी की पहली फ़िल्म 'सारा आकाश' जैसी फ़िल्मों को कामयाबी मिली थी। मुझे उम्मीद लगी कि मुझे इस तरह की फ़िल्मों में काम मिलेगा और मैंने अपनी तैयारी उसी मुताबिक़ की। मुझे बिलकुल भी उम्मीद नहीं थी कि मुझे व्यावसायिक फ़िल्मों में काम मिलेगा जो कि बाद में मिलने लगा। 'सुनयना' नाम की एक फ़िल्म जो मेरी चौथी फ़िल्म थी जिसमें मुझे गाने भी गाने थे और चाशनी के जैसे कुछ सीन करने थे; उस फ़िल्म में मुझे लगता है कि मैंने बहुत ख़राब काम किया। 'जुनून', 'फ़र्श'—उस समय मैंने ऐसी कुछ फ़िल्मों में भी काम किए जिनमें मुझे अपने काम पर कोई ख़ास फ़ख्र नहीं है। होता ये है कि एक अभिनेता का काम कई और पहलुओं पर भी निर्भर करता है। सिर्फ़ एक्टर के टैलेंट पर नहीं।

मयंक शेखर : लेकिन आमतौर पर लोगों की सोच है कि साहित्य में आम आदमी और उसके जीवन का दख़ल, थिएटर या सिनेमा से ज़्यादा है। एक आम आदमी की कहानी जब कोई अकेला आदमी किसी किताब में पढ़ रहा होता है तो उसका जुड़ाव ज़्यादा होता है। अब जबकि सिनेमा और तकनीक का स्वरूप इतना बदल चुका है तो क्या आपको लगता है कि आने वाले वर्षों में सिनेमा में आम आदमी और प्रभावशाली रूप से आएगा?

नसीरुद्दीन शाह : बिलकुल। सिनेमा और थिएटर दोनों ही चीज़ें हमेशा के लिए वो 'कलेक्टिव एक्सपीरिएंस' नहीं रहेंगी। आप देखिए कि अब सिनेमाघर कितने छोटे होते जा रहे हैं। आज से बीस साल पहले किसी ने इतने छोटे मल्टीप्लेक्स की

कल्पना भी नहीं की होगी। मुझे लगता है कि थिएटर के साथ भी यही होगा। सिंगल स्क्रीन ग़ायब हो गए हैं और अब आप अपने मोबाइल पर भी फ़िल्में देख सकते हैं; जो सिनेमा का अचम्भित कर देने वाला पक्ष है, वो अब धीरे-धीरे ग़ायब होता जा रहा है क्योंकि अब यह एक नितांत निजी घटना बनता जा रहा है। इसलिए आने वाले समय में सिनेमा और थिएटर दोनों जगह कंटेंट पर ज़ोर रहेगा। बड़े थिएटर अब धीरे-धीरे ग़ायब होते चले जाएँगे।

मयंक शेखर : अच्छी फ़िल्मों की आपकी परिभाषा के बारे में बात करें तो आपने कहा है कि एक अच्छी फ़िल्म वो होती है जो अपने समय को दिखा सके। आपकी समझ में एक अच्छा कलाकार कौन है? क्या वो जो अपने काम से अपनी सोच और समय को दिखा सके?

नसीरुद्दीन शाह : बिलकुल। ये बात तो छह सौ साल पहले शेक्सपियर साब ने अभिनेताओं के बारे में कही थी—'द ब्रीफ़ क्रॉनिकल्ज़ ऑफ़ देयर टाइम्स'—और ये बात उन्होंने सिर्फ़ नौटंकी वालों के लिए नहीं, बल्कि सभी अभिनेताओं के बारे में कही थी क्योंकि 'टू ऐक्ट मीन्स टू डू।' और फ़िल्म की तो ये ज़िम्मेदारी मैं समझता हूँ कि वो अपने समय को परिलक्षित कर सके, सिनेमा अपने समय का दर्पण बन सके और सही सवाल उठा सके—यह तो कला का काम है। जवाब देना कला की जिम्मेदारी नहीं है क्योंकि जवाब तो हज़ारों हो सकते हैं और मैं, बतौर आर्टिस्ट, हूँ कौन जवाब देने वाला? ना मुझे इलहाम है, ना मैं कोई ख़ुदा हूँ, ना कोई भविष्य देखने वाला। मैं तो सिर्फ़ एक सवाल उठा रहा हूँ कि भाई, ऐसा क्यों है?

मयंक शेखर : और सवाल का यह माध्यम आपके हिसाब से सिनेमा या थिएटर है?

नसीरुद्दीन शाह : ये माध्यम कुछ भी हो सकता है—सिनेमा, थिएटर, लेखन, कविता, मूर्तिकला, संगीत—आप इनमें से किसी भी कला से सम्बद्ध होकर सवाल उठा सकते हैं।

मयंक शेखर : आपके करियर की एक और ख़ास बात जो रही है, जिसके लिए आपको पसन्द किया जाता रहा है, वो है आपकी बेबाक़ी। आप सवाल पूछने से पहले ज़्यादा सोचते नहीं हैं और किसी भी मुद्दे पर खुल कर अपनी राय ज़ाहिर करते हैं। लेकिन इधर कुछ दिनों से आप जो कुछ कहते हैं, वो किसी बम की तरह फट जाता है, थैंक्स टू सोशल मीडिया। क्या आपको कभी इस बात के लिए ग्लानि होती है कि मुझे किसी घटना या व्यक्ति के बारे में ऐसा नहीं कहना चाहिए था; जैसे कि राजेश खन्ना के बारे में आपका बयान।

नसीरुद्दीन शाह : नहीं। कतई नहीं, क्योंकि मैंने उन पर कोई निजी आरोप नहीं लगाए थे और मैं उन्हें जानता भी नहीं था। हाँ, मैं उनके काम के बारे में जानता था और उनके काम के बारे में मैंने अपनी राय ज़ाहिर की जो उनके परिवार को नागवार गुज़री। इसके लिए मैंने उनसे माफ़ी भी माँग ली। मैं उनके जज़्बात को समझता हूँ। लेकिन फ़िल्म इंडस्ट्री वालों को इस बात से क्या दिक़्क़त है मुझे समझ नहीं आता कि भाई, गुज़रे हुए इंसान को इज़्ज़त बख़्शो। ठीक है भाई, जब खन्ना साब ज़िन्दा थे तब इंडस्ट्री वालों ने उन्हें कौन-सी इज़्ज़त बख़्शी। जब वो पैसा बनाने की मशीन नहीं रहे तो फ़िल्म इंडस्ट्री ने तो उन्हें ताक पर रख दिया था। मैं कल को शम्मी कपूर या देवानन्द के बारे में कहूँ कि वो बहुत बुरे एक्टर थे तो मेरे ख़याल से किसी को ऐतराज़ नहीं होगा। इसका मतलब ये है कि हम किसी की भी आलोचना नहीं कर सकते हैं। हम सत्यजीत रे या गुरुदत्त पर सवाल नहीं उठा सकते हैं क्योंकि वो मर चुके हैं। मेरे हिसाब से ये तो कोई बात नहीं हुई।

मयंक शेखर : लेकिन मीडिया एक्स्प्लोज़न के इस दौर में, एक व्यक्ति के तौर पर क्या आप वैसे ही बेबाक़ी से अपने विचारों को साझा करते रहेंगे? क्योंकि इसके परिणाम आप देख चुके हैं कि कैसे यहाँ राई का पहाड़ खड़ा किया जाता है।

नसीरुद्दीन शाह : नहीं मुझे इस बात की कोई फ़िकर नहीं है क्योंकि सोशल मीडिया पर तो मैं हूँ नहीं। ट्विटर और फ़ेसबुक तो वैसे भी मुझे समय की बर्बादी लगते हैं। कतई बेकार की चीज़; ये वैसी वाली बात है कि जब मैं बारह-तेरह साल का था और अपने मामू के साथ शिकार पर जाता था तो उनकी बन्दूक पकड़ के बैठ जाता था। तब मैं सोचता था, ख़्वाबों में, कि वो वहाँ दूर कोई लड़की मुझे देख रही है और मैं कोई बहुत बड़ा शिकारी हूँ। सोशल मीडिया पर भी इंसान अपनी फैंटसी को कुछ इसी तरह पूरा कर रहा है और कुछ नहीं।

मयंक शेखर : मुझे बहुत ख़ुशी है कि आप ख़ुद को बदलने में यक़ीन नहीं रखते हैं। क्योंकि इसी वजह से हम आपको हमेशा याद करेंगे। आप ख़ुद को एक कलाकार के तौर पर किस तरह से याद रखे जाना चाहेंगे?

नसीरुद्दीन शाह : ताउम्र याद रखा जाना तो बहुत बड़ी बात है; उम्र का तो किसी को कुछ पता नहीं, लेकिन मैं एक ऐसे आदमी के रूप में याद रखा जाना चाहूँगा जिसने जीवन को अपना सर्वश्रेष्ठ दिया।

प्रेम चोपड़ा

प्रेम चोपड़ा हिन्दी सिनेमा के बड़े नामों में से हैं। अपने साठ साल लम्बे फ़िल्मी करियर में उन्होंने तीन सौ से ज़्यादा फ़िल्मों में काम किया है। उनके अधिकतर रोल नकारात्मक किरदारवाले ही रहे हैं। मगर इन्हीं किरदारों से उन्हें दर्शकों के बीच विशेष पहचान भी मिली है। उन्हें 'लीजेंड ऑफ़ द इंडियन सिनेमा' और 'लाइफ़टाइम अचीवमेंट अवार्ड' से भी सम्मानित किया जा चुका है।

बातचीत

प्रेम चोपड़ा | मयंक शेखर

मयंक शेखर : प्रेम चोपड़ा साब, लुधियाना के साथ आपका बहुत पुराना रिश्ता रहा है। हम चाहेंगे कि आप उसके बारे में बताएँ?

प्रेम चोपड़ा : लुधियाना से वाकई अपना बहुत पुराना रिश्ता रहा है। मेरी पहली फ़िल्म 'शहीद' थी, जिसका 75 फ़ीसदी हिस्सा यहीं शूट हुआ था। वह आज़ादी से पहले की क्रान्तिकारी कहानी थी। उसके बाद मेरी बहन की भी शादी लुधियाना में ही हुई, जिसकी वजह से यहाँ मेरा लगातार आना-जाना बना रहा है। यहाँ के लोग बड़े ही अच्छे, मिलनसार और गर्मजोशी से भरे हुए हैं।

मयंक शेखर : जब हम चंडीगढ़ से यहाँ आ रहे थे तो हमें पता चला कि यहाँ सुखदेव का स्मारक बनने वाला है और उसका चेहरा जो होना चाहिए वो प्रेम चोपड़ा का होना चाहिए। इसके बारे में कुछ बताइए?

प्रेम चोपड़ा : अब देखिए, ये तो नाइंसाफ़ी हो जाएगी। सुखदेव असली नायक थे, एक महान व्यक्तित्व जिन्होंने हमारी आज़ादी को दिशा दी। इस शहर के बारे में मुझे सबसे अच्छी बात जो लगी वो ये थी कि जब हम यहाँ 'शहीद' की शूटिंग कर रहे थे तो हमें शूट करने की पूरी आज़ादी दी गई थी। हमने उसी जेल में जाकर के शूटिंग की थी जहाँ क्रान्तिकारियों को फाँसी दी गई थी। वहाँ शूट करते वक़्त हम सब देशभक्ति की भावना से ओतप्रोत हो गए थे कि कैसे इन महान क्रान्तिकारियों ने देशहित में अपनी जान दे दी।

मयंक शेखर : आपने अपने करियर की शुरुआत एक पंजाबी फ़िल्म से की— 'चौधरी करनैल सिंह'। इतनी पुरानी कहानी है लेकिन हमारे लिए ये जानना ज़रूरी है कि उस पंजाबी फ़िल्म में रोल पाना आपके लिए कितना मुश्किल था?

प्रेम चोपड़ा : उस दौरान मैं फ़िल्मों में रोल पाने के लिए संघर्ष तो कर ही रहा था; साथ ही टाइम्स ऑफ़ इंडिया में काम भी कर रहा था। मुझे याद है कि मैं कहीं से आ

रहा था तो लोकल ट्रेन में एक शख़्स ने मुझसे पूछा कि क्या तुम अभिनेता बनना चाहते हो ? मैंने कहा कि मेरा सारा संघर्ष इसी चीज़ के लिए है। तो उन्होंने कहा कि क्या तुम मेरे साथ अभी चल सकते हो ? मैं उनके साथ चलने को राज़ी हो गया और रास्ते में उन्होंने मुझसे कहा कि फ़िल्म में मेरा लीड रोल होगा—एक मुस्लिम लड़के का रोल है लेकिन ये एक पंजाबी पिक्चर है। एक पल के लिए मैंने सोचा लेकिन फिर मुझे लगा कि कहीं न कहीं से मुझे शुरुआत तो करनी ही है। मैंने वो फ़िल्म की और उस फ़िल्म को अच्छी-ख़ासी सफलता मिली। उस फ़िल्म को राष्ट्रीय पुरस्कार भी मिला।

मयंक शेखर : आपकी शुरुआत भले ही लीड रोल में हुई लेकिन आपके करियर की शुरुआत में ये चीज़ निर्धारित हो गई थी कि आप खलनायक बनकर हीरो पर राज करेंगे और खलनायकों की दुनिया के नायक बनेंगे। क्या ये क़िस्मत से हुआ या किसी समय पर आपको भी इस बात का एहसास हुआ कि ये जो स्लॉट है वो मुझे मिल चुका है ?

प्रेम चोपड़ा : जब आप एक अभिनेता के तौर पर संघर्ष कर रहे होते हैं तब आपके पास किरदार चुनने की आज़ादी नहीं होती है; तब किरदार ही आपको चुनते हैं। मुझे उस दौर में कुछ नेगेटिव रोल मिले जो सुपर-डुपर हिट हुए। उस दौर में हिन्दी फ़िल्मों की कहानी मूल रूप से हीरो, हीरोइन और विलेन के इर्द-गिर्द घूमा करती थी और जब मैंने विलेन के कुछ एक किरदार निभाए तो उन्हें दर्शकों की अच्छी प्रतिक्रिया मिली। उसके बाद फिर मुझे विलेन के रोल मिलने का जो सिलसिला शुरू हुआ फिर ख़त्म नहीं हुआ।

मयंक शेखर : अगर हम खलनायक के किरदार के शेड्स की बात करें तो ये भी अलग-अलग क़िस्म का होता है—जैसे एक हँसोड़ खलनायक होता है, एक सीरियस खलनायक। तो क्या आप एक अभिनेता के तौर पर उन सारे शेड्स को सोचकर अपना किरदार चुन रहे थे या उस दौर के लेखक आपके लिए वैसा किरदार लिख रहे थे ?

प्रेम चोपड़ा : दोनों का मिला-जुला योगदान रहता था, निर्देशक का भी योगदान रहता था। एक ही तरह के किरदार अगर आप बार-बार दर्शक के सामने परोसेंगे तो वह बोर हो जाएगा। तो उसी विलेन के फ़्रेमवर्क में बार-बार आपको नए शेड्स लाने होते हैं। तभी दर्शक आपके किरदार से जुड़ेंगे।

मयंक शेखर : आपका किरदार हर फ़िल्म में डार्क शेड का ही होता था तो एक अभिनेता के तौर पर आप उसमें क्या बदलाव लाते थे ? क्या अपने बोलने या चलने के ढंग में बदलाव लाते थे क्योंकि आमतौर पर हर फ़िल्म जिसमें आप विलेन होते थे उसमें आपके किरदार की कोई बैकग्राउंड स्टोरी नहीं होती थी।

प्रेम चोपड़ा : सबसे पहले तो मैं आपका शुक्रिया अदा करना चाहूँगा कि आप लोगों को इस बात से वाक़िफ़ करा रहे हैं कि मैं कितना अच्छा आदमी था। हाँ, ये होता है कि किरदार निभाने के दौरान हम हमेशा उसमें कुछ न कुछ नया जोड़ने की कोशिश में लगे रहते थे।

मयंक शेखर : आपकी शराफ़त से हम सभी यहाँ वाक़िफ़ हैं। लेकिन जब आपके बच्चे बड़े हो रहे थे और स्क्रीन पर आपका काम देखते थे, तो क्या कभी इस बात का डर नहीं लगता था कि बच्चे क्या सोचेंगे?

प्रेम चोपड़ा : बच्चे तो मुझे घर पर मसखरा समझते हैं। जब मैं काम करता था तो कई बार उन्हें अपनी फ़िल्म के प्रीमियर पर ले जाता था। तो एक बार मुझे याद है, मैं अपनी बेटी प्रेरणा को लेकर एक फ़िल्म के प्रीमियर पर गया था और मुझे याद है वो इंटरवल के दौरान मुझे ग़ौर से देख रही थी कि क्या ये वही आदमी है जिसने अभी स्क्रीन पर ये सब कारनामे किए हैं? उस वक़्त अच्छी बात ये थी कि सिनेमा, सिनेमा था और उसका विलेन, विलेन। अब तो ख़ैर मानक बदल गए हैं। मनोरंजन के अलग-अलग माध्यम आ गए हैं।

मयंक शेखर : जो पारम्परिक दर्शक वर्ग रहा है वो अगर अमिताभ बच्चन को कोई किरदार निभाते हुए देखता है तो उसे लगता है कि वो किरदार नहीं, बल्कि अमिताभ बच्चन ही है जो उस ज़िन्दगी को जी रहा है। उसी तरह से आपकी भी एक छवि बन गई है स्क्रीन पर कि यही है प्रेम चोपड़ा। इसके बारे में आप क्या सोचते हैं?

प्रेम चोपड़ा : मुझे लगता है कि इसका श्रेय हमें अभिनेता की प्रतिभा को देना चाहिए। हमारा काम लोगों का मनोरंजन करना है। अगर दर्शक हैं, तो हम हैं। चाहे माध्यम कोई भी हो, अभिनेता का मूल उद्देश्य लोगों के जीवन में ख़ुशियाँ लाना है और बदले में उसको जो प्यार मिलता है उसके लिए बस एक ही चीज़ कही जा सकती है—ज़िन्दगी बदले, समाँ बदले, ज़माने की हवा बदले; गर मैं तुझसे बदलूँ तो मुझसे ऊपर वाला बदले। लोगों से मिली तारीफ़ एक अभिनेता के लिए सबसे बड़ी नेमत है। अब तो मैं विलेन नहीं रहा; अब तो सुपरवाइज़र बन गया हूँ; दूसरों को सिखाता हूँ।

मयंक शेखर : अगर आपके निजी जीवन को देखा जाए तो बहुत कम लोगों को पता होगा कि प्रेम चोपड़ा अभिनेता के अलावा एक पार्ट टाइम कवि भी हैं। आपका पेन नेम प्रेम आवारगी है। आपकी पसन्दीदा कविता कौन-सी है?

प्रेम चोपड़ा : 'प्यार से जीतो सबका दिल; इसका दिल उसका दिल; हर धड़कन की मंज़िल क्या है, सच पूछो तो दिल है दिल!'

मयंक शेखर : एक और बात जो आपकी निजी ज़िन्दगी के बारे में हमें पता लगी है वो ये है कि मुम्बई में आपका चार दोस्तों का एक गैंग है, जिसमें सब के सब पंजाब से हैं। आप, जीतेन्द्र, राकेश रोशन, सुजीत कुमार। दिवंगत अभिनेता विनोद मेहरा भी उस गैंग का हिस्सा थे। इसके बारे में थोड़ा बताएँ?

प्रेम चोपड़ा : इसे गैंग कहना शायद ठीक नहीं होगा, क्योंकि गैंग जैसा कुछ भी नहीं है। हम सभी दोस्त हैं लेकिन हमारा मिलना-जुलना कम हो पाता है। जब हम साथ काम करते हैं तो ज़रूर मिलते हैं। उसके बाद सब अपनी अपनी ज़िन्दगी में मसरूफ़ हो जाते हैं। पहले का समय अलग था; हम कई बार इकट्ठा होते थे और मिलते थे; अब उम्र बढ़ने के साथ मिलना-जुलना कम हो गया है।

मयंक शेखर : उम्र का ज़िक्र हुआ है तो यहाँ मैं आपसे जानना चाहता हूँ कि एक अभिनेता जिसने पृथ्वीराज कपूर के साथ काम किया हो, राज कपूर के साथ काम किया हो, ऋषि कपूर, करीना और फिर रणबीर कपूर के साथ भी काम किया हो— उसकी इस लम्बी पारी का क्या राज है जबकि शो बिज़नेस में अच्छे से अच्छा आदमी बमुश्किल दस साल ही टिक पाता है?

प्रेम चोपड़ा : मुझे लगता है कि वो चीज़ जो मुझे लम्बा चलने के लिए प्रेरित करती है—वो है पहला मेरे दर्शकों का प्यार और दूसरा ये कि मैं एक बेहद ईमानदार और मेहनती आदमी हूँ। मुझे लोगों की प्रतिक्रिया से कोई ख़ास फ़र्क़ नहीं पड़ता है।

मयंक शेखर : क्या आप एक अनुशासित व्यक्ति भी हैं या कुछ एक कमियाँ भी पाते हैं ख़ुद में?

प्रेम चोपड़ा : बिलकुल। आजकल मैं देर से उठने लगा हूँ या लोगों से मिलने कम लगा हूँ। लेकिन अब ये मुझे अच्छा लगता है।

मयंक शेखर : जिस प्रेम चोपड़ा को हम जानते हैं, उससे अर्ली टु बेड, अर्ली टु राइज़ वाली उम्मीद करना बेमानी होगा?

प्रेम चोपड़ा : बिलकुल। मैं वैसा बिलकुल नहीं हूँ।

मयंक शेखर : जवानी के प्रेम चोपड़ा के बारे में कुछ कहानियाँ बताइए सर?

प्रेम चोपड़ा : उन कहानियों को कहने के लिए ये जगह शायद मुफ़ीद नहीं है, क्योंकि यहाँ एक फ़ैमिली ऑडियन्स बैठी हुई है। मैं वो बला हूँ जो शीशे से पत्थर को तोड़ देती है—ये पहले भी मैंने कहा था। मेरी इच्छा बस ये है कि मैं अंतिम साँस तक काम करना चाहता हूँ। शो बिज़नेस एक ऐसा बिज़नेस है जिसमें कोई भी कभी रिटायर नहीं होना चाहता है। फ़िल्म इंडस्ट्री में आप तब ही रिटायर होते हैं जब या

तो आप शारीरिक तौर पर अशक्त हो जाएँ या फिर जब आपको काम मिलना बन्द हो जाए। एक बार जब आप रुक जाते हैं, तो फिर आपको कोई नहीं पूछता और मेरी मानें तो यहाँ रुकना कोई नहीं चाहता है।

मयंक शेखर : तो आप ये कहना चाह रहे हैं कि शो बिज़नेस एक तरह की लत है?

प्रेम चोपड़ा : बिलकुल और जिन लोगों को भी ये लत लग गई है, वो इस धंधे में लम्बे समय तक टिकते हैं।

मयंक शेखर : क्या आपने ऐसे लोगों को भी अपने सामने देखा है जिन्हें इसकी लत तो लगी थी लेकिन उन्हें काम नहीं मिल रहा था। बाद में जाकर उन्होंने अपना करियर बनाया?

प्रेम चोपड़ा : बिलकुल। बिलकुल। मैंने कई सुपर हीरो को नीचे आते देखा है। दुर्भाग्य से उनमें से बहुत कम लोगों को वर्तमान की तल्ख़ सच्चाइयों को समझने का हुनर रहा और कहीं न कहीं वो बदलते समय के साथ तालमेल नहीं बिठा सके। अपवाद के तौर पर हमारे सामने अमिताभ बच्चन हैं जिन्होंने इस सच को स्वीकार किया कि बदलते समय में उनकी भूमिका एक चरित्र अभिनेता की है ना कि हीरो की। मैंने भी इस सच को स्वीकार कर लिया है।

मयंक शेखर : ओपरा विनफ्रे अपने सारे साक्षात्कारों का इसी सवाल से अन्त करती हैं और शायद मैं भी यही पूछना चाहूँगा कि वो ऐसी कौन-सी एक चीज़ है आपके भीतर जो सब कुछ के बदल जाने के बाद भी नहीं बदलेगी; चाहे जीवन कितना भी ऊपर से नीचे क्यूँ ना हो जाए?

प्रेम चोपड़ा : मेरे काम के प्रति मेरा पैशन! जिस समय मुझे लगेगा कि मैं अपने काम से ख़ुश नहीं हूँ, उसके प्रति मेरा प्यार नहीं बचा, उस दिन मैं अपने जूते खूँटी पर टाँग दूँगा!

पंकज त्रिपाठी

पंकज त्रिपाठी ने अपने सिनेमाई करियर की शुरुआत 2004 में फ़िल्म 'रन' में एक छोटे से किरदार से की थी। तब से अब तक वे 40 से ज़्यादा फ़िल्मों व 60 से अधिक टेलीविज़न शोज़ में काम कर चुके हैं। पंकज को सफलता मिली 2012 में आई 'गैंग्स ऑफ़ वासेपुर' सीरीज़ से। त्रिपाठी को 'न्यूटन' में उनकी एक्टिंग के लिए 'नेशनल फ़िल्म अवार्ड' भी दिया गया है।

पंकज त्रिपाठी | बातचीत | विनीत कुमार

विनीत कुमार : दिल्ली और मुम्बई जैसे शहरों में हम छोटे शहरों के लोग इंग्लिश स्पीकिंग का कोर्स ज्वाइन करते हैं, लेकिन पंकज एक ऐसे व्यक्ति हैं जो बिहारी स्पीकिंग कोर्स चलाते हैं। क्या अंग्रेज़ी आना, अंग्रेज़ी नहीं आना और आपका बिहारी एक्सेंट फ़िल्मों की दुनिया में कोई दिक़्क़त पैदा करता है?

पंकज त्रिपाठी : मैं भोजपुरी भाषी हूँ, हिन्दी मैंने सीखी है। भाषायी स्तर पर मुझे कोई अड़चन तो नहीं हुई और मेरी हिन्दी में ही भोजपुरी का फ्लेवर आता है। तो ये मेरे लिए एक प्लस प्वाइंट की तरह है और मेरी पहचान है।

विनीत कुमार : देश में हर जगह मीडिया संस्थान खुल गए हैं जो आपको चुस्त-दुरुस्त और प्रेजेंटेबल और प्रोफेशनल बनाने के दावे करते हैं। क्या आप तभी प्रोफेशनल होते हैं जब आप साहित्य से दूर होते हैं?

पंकज त्रिपाठी : हमें ब्यूटीफुल नहीं ट्रूथफुल और सच्चा बनना होगा। अगर हम साहित्य से कट जाएँगे तो कैसे सिनेमा रचेंगे। आजकल सिनेमा की कहानियाँ छोटे शहरों की ओर जा रही हैं क्योंकि जो फ़िल्मकार हैं वो शायद अपनी ज़िन्दगी के कुछ यादगार लम्हे, ऐसे ही छोटे शहरों में अपनी दादी-नानी के घर बिताकर आए हैं। मराठी, बंगाली सिनेमा आज भी अपने साहित्य से कहानियाँ ला कर परदे पर दिखा रहा है, बस हिन्दी सिनेमा कटा हुआ है। चालीस कहानियाँ फ़िल्मों में दिखाने के बाद इकतालीसवीं कहाँ से लाऊँगा। ज़ाहिर है मुझे फिर अपने गाँव, अपने क़स्बे और साहित्य की तरफ मुड़ना होगा।

विनीत कुमार : आज के दौर में सिनेमा में राजनैतिक स्तर की समझदारी कितना मायने रखती है?

पंकज त्रिपाठी : बहुत मायने रखती है। बहुत सारी चीज़ें जो हमारे इर्द-गिर्द हो रही हैं, सामाजिक, राजनैतिक, वैचारिक उन सब का प्रभाव सिनेमा पर तो पड़ेगा ही।

सजग होना बहुत ज़रूरी है। तभी हम अपनी राय रख पाएँगे।

विनीत कुमार : आपने छोटे परदे पर भी बेहतरीन काम किया है पंकज। आप छोटे और बड़े परदे के बीच की इस आवाजाही को कैसे देखते हैं? क्या टेलीविज़न में भी सेंसर होता है और वो कैसे काम करता है?

पंकज त्रिपाठी : हाँ होता है। पर वहाँ उनके अपने पहले से निर्धारित कुछ नियम होते हैं जिस पर वो सीरियल लिखते हैं। हालाँकि वहाँ सेंसर का ज़्यादा कोई हस्तक्षेप नहीं होता। साबुन की तरह से ही डेली सोप का काम घिसना, झाग बनाना और फिर पानी डाल देना होता है।

विनीत कुमार : अपनी नई फ़िल्म 'अनारकली ऑफ़ आरा' के बारे में कुछ बताएँ।

पंकज त्रिपाठी : जब हम पटना में थिएटर करते थे तो उस वक़्त हमारी दोस्ती अविनाश दास से हुई। वे एक अखबार में सम्पादक थे। उस वक़्त अविनाश को नया-नया प्यार हुआ था। वे हमारे नाटकों की तस्वीरें पहले पन्ने पर छापते थे। उसी बहाने बस हमारी दोस्ती हो गई। हमने एक नाटक में साथ काम भी किया, जब ये सिनेमा बनाने मुम्बई आए तो फिर मैं रँगीला बन गया। मुझे बस इस फ़िल्म का हिस्सा बनना था, कैसे भी।

विनीत कुमार : आपके जीवन में कुछ सबसे महत्त्वपूर्ण लोग कौन कौन रहे हैं जिन्होंने आपकी इस यात्रा में आपका साथ दिया?

पंकज त्रिपाठी : मेरा कोई गॉडफादर नहीं रहा इंडस्ट्री में। एक आदर्श मेरे पिता थे और बाकी मेरे गुरुजन। मेरी पत्नी भी मेरी गुरु ही हैं। ढाई करोड़ की जनसंख्या वाले इस शहर में आप नितांत अकेले होते हैं। जब हर जगह से आपको सिवाय रिजेक्शन के कुछ ना मिल रहा हो तो वो बस मेरी पत्नी होती थीं जिन्हें मैं हर रोल के लिए फिट लगता था। बस यही भरोसा था जिसके दम पे सब मुमकिन होता गया।

विनीत कुमार : आप के अधिकतर किरदार नेगेटिव रहे हैं? इस नेगेटिविटी का आपकी पॉजिटिविटी पर क्या असर होता है?

पंकज त्रिपाठी : मैं हर नेगेटिव किरदार इसी उम्मीद के साथ करता हूँ कि शायद ये कभी पॉजिटिव हो जायेगा। नकारात्मक किरदार मुश्किल तो होते ही हैं पर मैं उनमें ग्रे शेड लाने की कोशिश करता हूँ जिससे ये लगे कि ये किरदार परिस्थितिवश ऐसा हो गया है।

रणवीर शौरी

रणवीर शौरी एक्टर से पहले वीडियो जॉकी थे। रणवीर ने अपने फ़िल्मी करियर की शुरुआत 2002 में मनीषा कोइराला के साथ 'एक छोटी-सी लव स्टोरी' से की। 'मिथ्या', 'आजा नच ले', 'ट्रैफिक सिग्नल' में रणवीर के किरदार की काफ़ी सराहना हुई थी।

बातचीत

रणवीर शौरी | मयंक शेखर

मयंक शेखर : जल्दीबाज़ी में किए गए आग्रह के बाद भी आप पटना आए, आपका बहुत-बहुत शुक्रिया।

रणवीर शौरी : आपका भी बहुत-बहुत शुक्रिया मयंक। जब मेरे निर्देशक मुनीश भारद्वाज ने मुझे फ़ोन पर बताया कि जागरण समूह फ़िल्म की स्क्रीनिंग के लिए पटना बुलाना चाहता है, तो मुझे बहुत ज़्यादा ख़ुशी हुई क्योंकि ऐसी फ़िल्में आमतौर पर पटना तक नहीं पहुँच पातीं। हमारी फ़िल्म मेनस्ट्रीम से थोड़ा हटकर भी है और विशुद्ध रूप से मनोरंजन के लिए शायद नहीं बनी है।

मयंक शेखर : पटना के साथ आपका एक बहुत ख़ास रिश्ता रहा है। आपके प्रिय मित्र भी यहीं के हैं। इसके बारे में कुछ बताएँ?

रणवीर शौरी : आप जिस प्रिय मित्र की बात कर रहे हैं वो दरअसल पटना के नहीं धनबाद के हैं। बहरहाल मेरे सबसे क़रीबी मित्र विनय पाठक का इस शहर से बहुत गहरा लगाव रहा है, उन्होंने मुझे यहाँ के बारे में ढेर सारी कहानियाँ सुनाई हैं। इस फ़िल्म में जिन्होंने नेहा धूपिया के बॉयफ्रेंड का किरदार निभाया है, उनकी आवाज़ भी विनय ने ही दी है। वैसे यह सच है कि मैं इस शहर में पहली बार आया हूँ, लेकिन इस शहर के बारे में मैंने विनय से इतनी कहानियाँ सुन रखी हैं कि ये मुझे बेहद अपना लगता है।

मयंक शेखर : एक जो फ़ायदा है किसी भी चीज़ के बारे में गूगल करने से, वो ये है कि आपको ढेर सारी रोचक जानकारियाँ मिल जाती हैं। मैंने आपके बारे में गूगल पर जाना कि इस पन्द्रह सितम्बर को आपके इंडस्ट्री में पन्द्रह साल पूरे हो जाएँगे क्योंकि उस दिन ही, साल में 2002 में आपने 'एक छोटी-सी लव स्टोरी' फ़िल्म से इंडस्ट्री में अपने करियर की शुरुआत की थी। बहुत बधाई।

रणवीर शौरी : शुक्रिया। पन्द्रह साल से एक ऐक्टर के तौर पर और उससे पहले

के आठ साल कैमरे के पीछे असिस्टेंट डाइरेक्टर और टीवी में अलग-अलग कपैसिटी में काम कर रहा था—पहले पोस्ट प्रोडक्शन किया, फिर प्रोडक्शन और उसके बाद आख़िर में पहले प्लस चैनल, फिर चैनल वी के लिए कुछ नॉन फ़िक्शन शो डाइरेक्ट करने का मौक़ा मिला। चैनल वी में पहली बार कैमरे के सामने काम करने का मौक़ा मिला।

मयंक शेखर : तो आप एक ऐसे व्यक्तित्व हैं जिसने कैमरे के पीछे कई साल काम किया। मैं अभी आपका एक इंटरव्यू पढ़ रहा था जिसमें आपने कहा कि अगर कभी आपकी कोई आत्मकथा होगी तो उसका टाइटल 'अचानक' होगा। तो क्या आप अचानक से अभिनेता बन गए?

रणवीर शौरी : मुझे लगता है कि हर एक की ज़िन्दगी में वो बदलाव आजकल अचानक ही हो जाता है, चुटकी में। मेरी ज़िन्दगी में भी बहुत कुछ ऐसा ही हुआ। मुझे याद है कि मैं चैनल वी में काम कर रहा था—उनके कुछ नॉन फ़िक्शन शो के डाइरेक्टर के तौर पर। जावेद जाफ़री और सोफ़िया के शो थे और एक दिन अचानक मुझे चैनल से शशांक घोष का कॉल आता है कि कल से आप शो डाइरेक्ट नहीं बल्कि रूबी भाटिया के साथ शो को को-होस्ट करेंगे।

मयंक शेखर : क्या आपने इससे पहले कभी कोई ऐक्टिंग ऑडिशन दिया था?

रणवीर शौरी : नहीं, कभी नहीं। मुझे याद है कि कैमरे के सामने माइक को पकड़ के खड़े होने में मेरे हाथ काँपते थे। मैं ख़ुद को कैमरे पर देखना बिलकुल पसन्द नहीं करता। अपनी फ़िल्में भी नहीं देखता हूँ। अगर देखता हूँ तो अपने ऐक्सप्रेशंस और बॉडी लैंग्वेज को चेक करने के लिए देखता हूँ। वो जो एक ऐक्टर की वैनिटी होती है; कि यार मैं कैमरे के सामने क्या लग रहा हूँ, वो मुझ में नहीं है। मैं ख़ुद को बहुत देख नहीं पाता हूँ। तो मेरे लिए वह सब कुछ बहुत अचानक हुआ। उन्होंने कहा कि वो उस काम के लिए मुझे ज़्यादा पैसे देंगे और पैसों की ज़रूरत मुझे हमेशा से रही है; आज भी है तो मैं ऐक्टिंग में आ गया। और मयंक मैं आपको बताऊँ, मैं हमेशा से कैमरा फ्रेंडली रहा हूँ—चाहे कैमरे के पीछे हूँ या आगे। मुझे हमेशा से लगता है कि ऐक्टिंग सिर्फ़ दो तरह की होती है—ऐक्टिंग फ़ॉर स्टेज और ऐक्टिंग फ़ॉर कैमरा। मुझे पता है कि स्टेज और कैमरे के बीच में अन्तर ज़रूर है, लेकिन टीवी और फ़िल्म के माध्यमों में कोई ख़ास अन्तर नहीं रहा है।

मयंक शेखर : हाँ, लेकिन आप टीवी और फ़िल्मों में इतने सालों से काम करते रहने के बावजूद थिएटर करते रहे हैं।

रणवीर शौरी : मैं सन 2000-01 से थिएटर से जुड़ा हुआ हूँ और उसके कुछ तीन

साल पहले से वीजे के तौर पर काम कर रहा था। उससे पहले मैं पोस्ट प्रोडक्शन और प्रोडक्शन में काम कर चुका था, तो इस क्षेत्र को एक्सप्लोर करने के लिए मैंने थिएटर में काम करना शुरू किया था। मैंने अतुल, रजत और विनय के साथ काम किया। 'सी फ़ॉर क्लाउंस' हमारा पहला नाटक था, उसके बाद 'मैंने ब्लू मग' किया, उसके बाद जा के 'एक छोटी-सी लव स्टोरी' आई।

मयंक शेखर : पारिवारिक रूप से देखें तो, आपके पिता फ़िल्म प्रोड्यूसर रह चुके हैं और वो फ़िल्म पॉलिटिक्स का हिस्सा थे। आपने भी कभी कहा था कि उनके बारे में ट्रेड मैगज़ीन में लिखा जाता था जो आपको बिलकुल भी अच्छा नहीं लगता था, आप कुछ साबित करना चाहते थे तो उसके बारे में बताइए?

रणवीर शौरी : हाँ, ये सच है कि मेरे पिता एक हिन्दी फ़िल्म प्रोड्यूसर थे। उन्होंने चार-पाँच फ़िल्में प्रोड्यूस की थीं जिनमें से कुछ चलीं भी। 'बेरहम' एक फ़िल्म थी उनकी जो बहुत सफल रही थी। लेकिन उन्होंने कभी भी मुझे इस व्यवसाय का हिस्सा बनने के लिए प्रेरित नहीं किया। कुछ एक सफल फ़िल्मों के बाद उनके करियर में ढलान आ गया था, इसके बाद उन्हें अपना घर भी गिरवी रखना पड़ गया था, फिर घर बिक गया था। मैंने इंडस्ट्री के स्याह पक्ष को बहुत क़रीब से देखा है। इस तरह से आप कह सकते हैं कि मैं सिनेमा इंडस्ट्री के मुहाने पर था। मेरे पिता प्रोड्यूसर गिल्ड का हिस्सा थे और इसलिए वो इंडस्ट्री की राजनीति में भी शामिल थे, जो कि उस समय बहुत ही गन्दी थी। मेरे घर पर जो मैगज़ीन आती थी उसमें उनके बारे में बहुत कुछ उल्टा-सीधा लिखा हुआ होता था। कम उम्र में भी मुझे ये सब बिलकुल अच्छा नहीं लगता था। उस उम्र में उन्हें ये सब छोड़ने के लिए कह भी नहीं सकता था लेकिन उसी दौरान मैंने इस इंडस्ट्री में कुछ कर दिखाने का मन बना लिया था। मैं हमेशा फ़िल्ममेकर बनना चाहता था; आज यू ट्यूब के दौर में एक आदमी ही सब कुछ कर सकता है, लेकिन ये बात मैं उस दौर की कर रहा हूँ जब सिनेमा बनाने के लिए कई लोगों की ज़रूरत पड़ती थी। मैं तब से ही मानता था कि फ़िल्म मेकिंग के लिए सिर्फ़ एक व्यक्ति की ज़रूरत पड़ती है।

मयंक शेखर : रणवीर, आपके करियर की सबसे डार्क फ़िल्मों में 'तितली' का नाम सबसे ऊपर है। एक जगह आपने कहा था कि 'तितली' फ़िल्म का परिवार आपके परिवार से मिलता-जुलता है। इसका मतलब क्या है? क्या इसका कोई सम्बन्ध आपके बचपन से है?

रणवीर शौरी : देखिए मैं अपने परिवार में सबसे छोटा था। मेरे दो बड़े भाई हैं। बहन कोई नहीं है। घर पर बस माँ होती थी। तो ऐसे में जब मैं कोई ग़लती करता था तो सबसे पहले माँ डाँटती थी। उसके बाद मँझले भैया घर आ के मुझे उस ग़लती

के लिए थप्पड़ मारते थे। फिर बड़े भैया आ कर एक और लगाते थे। फिर शाम को पिता जी आ कर थप्पड़ लगाते थे। तो हर ग़लती के लिए मुझे तीन गुना लगान देना पड़ता था। 'तितली' की जब कहानी मैंने सुनी, तो मैं उससे रिलेट कर पाया क्योंकि बचपन में ऐसा कुछ मेरे साथ भी हो रहा था। हालाँकि उस वक़्त तक मैं बड़ा हो चुका था। कनु चाहते थे कि मैं उस फ़िल्म में बड़े भाई का किरदार अदा करूँ और मैं राज़ी हो गया। ऐसे परिवारों में जहाँ पीढ़ी-दर-पीढ़ी कन्फ़्लिक्टेड सम्बन्ध चले आ रहे हों, वहाँ हिंसा प्यार के ही एक रूप में निकल के आती है। ऐसा नहीं है कि उन परिवारों में प्यार नहीं होता है लेकिन हिंसा के बिना प्यार, प्यार है, इसको समझना ज़रूरी है।

मयंक शेखर : कई लोग शायद इस सवाल का बहुत कूटनीतिक जवाब देते लेकिन आपने बड़ी साफ़गोई से सच कहा। आपके पन्द्रह साल के करियर में आपने पचास से ज़्यादा, क़रीब तिरेपन फ़िल्में की हैं, अगर हम आइएमडीबी पर देखें तो उनमें से तीन-चार ऐसी कौन-सी फ़िल्में हैं जिन्हें आप याद रखना चाहेंगे?

रणवीर शौरी : 'तितली', 'मिथ्या', 'ट्रैफ़िक सिग्नल' और 'खोसला का घोसला'—जिसने मेरी ज़िन्दगी बदल दी।

मयंक शेखर : मुझे लगता है कि 'खोसला का घोसला' ने ना सिर्फ़ आपकी ज़िन्दगी बल्कि हिन्दी फ़िल्म इंडस्ट्री की भी ज़िन्दगी बदल दी। बहुत सालों से डब्बे में थी, फिर जब आई तो इसने फ़िल्म का प्रचलित व्याकरण बदल के रख दिया। इसके अलावा एक और फ़िल्म है जिसने हम सब को चकित कर दिया, जिसमें आप भी थे और ये फ़िल्म थी 'भेजा फ्राई'। ये कुछ वैसी फ़िल्में हैं जिन्होंने अपने निर्माण की लागत से दस या बीस गुना ज़्यादा कमाई की। एक समय ऐसा आपको भी लगता होगा कि अब इस तरह की फ़िल्मों से बहुत कुछ बदल जाएगा, लेकिन फिर सब कुछ वैसा का वैसा ही हो जाता है। इस बारे में आप क्या सोचते हैं? कुछ बदलाव आया?

रणवीर शौरी : आप बिलकुल सही कह रहे हैं; चीज़ें जितनी बदलती हैं, उतनी ही नहीं भी बदलतीं। मेरा इस बारे में मानना है कि चीज़ें एक साइकिल में चलती हैं। होता ये है कि जो बड़ी फ़िल्में हैं, उनको फ़ाइनैन्स और रिटर्न, इन सब चीज़ों की दिक़्क़त नहीं होती है। तो वो बनती रहती हैं। फिर क्या होता है कि इन सब के बीच कोई छोटी बजट की फ़िल्म जैसे 'खोसला का घोसला' हिट हो जाती है। उसके बाद अचानक वैसी छोटी बजट की फ़िल्मों के लिए पैसे मिलने लगते हैं—अरे वो 'खोसला का घोसला' हिट हुई है, तो अब फटाफट वैसी ही कोई फ़िल्म बनाओ। तो उसमें क्या होगा, मान लो वैसे छोटे बजट की बीस फ़िल्में ग्रीन लाइट होंगी, और

एक छोटी फ़िल्म का टर्न अराउंड पीरियड एक या दो साल होता है। अब क्या होता है कि मान लीजिए उन बीस ग्रीन लाइट हुई फ़िल्मों से पाँच बन के रिलीज़ हुईं और वो पाँचों की पाँचों फ़्लॉप कर गईं। अब क्या होगा कि बाक़ी बची पन्द्रह फ़िल्मों में से दस के आसपास फ़िल्में अंडरप्रोडक्शन रुक जाएँगी और बाक़ी जो छह-सात हैं उनका आधिकारिक घोषणा के बाद एक भी शॉट शूट नहीं होगा। ऐसे में सब कुछ ख़त्म हो जाता है और फिर से मेनस्ट्रीम फ़िल्मों का दौर चला आता है। फिर कभी कुछ एक साल के बाद कोई अंडरडॉग खड़ा होगा जो एक छोटी बजट की हिट फ़िल्म देगा और फिर से ये दौर शुरू हो जाएगा। तो मैंने किसी दूसरे इंटरव्यू में कहा भी था कि छोटी फ़िल्मों वाले लोगों को बहुत अधिक कन्सिस्टेंट रहना होगा। आपको यहाँ बिरादरी का भी ध्यान रखना होगा। अगर आपने एक भी ख़राब चीज़ बनाई तो उसके बाद आपके साथ-साथ दस लोग और मारे जाएँगे। अगर हम ऐसी फ़िल्मों को चुन कर कन्सिस्टेंट रहेंगे तभी ऐसी फ़िल्मों का स्थायी बाज़ार खुलेगा। आज के दौर में प्रतिस्पर्धा बढ़ गई है। आज के दौर में मेनस्ट्रीम फ़िल्म के स्टार भी ऑफ़ बीट फ़िल्मों को चुन रहे हैं जो कि पहले नहीं होता था। मेरी कई मेनस्ट्रीम फ़िल्में भी कुछ इसी मिज़ाज की थीं, कुछ एक को छोड़ कर। उन सब फ़िल्मों में एक क़िस्म में एक ऑल्टर्नेटिव एलिमेंट था—फिर चाहे वो 'चाँदनी चौक टु चाइना' हो या फिर 'एक था टाइगर'।

मयंक शेखर : पर जब आप ऐसी मेनस्ट्रीम फ़िल्मों में काम करते हैं जैसे कि 'एक था टाइगर' या 'सिंह इज किंग' और जब आप कोई ऑल्टर्नेटिव फ़िल्म करते हैं तो कितना अलग अनुभव होता है सेट पर? क्या आपको ऐसा लगता है कि ये मेरी फ़िल्म है और आप उससे क्रिएटिव तौर पर ज़्यादा जुड़ा हुआ महसूस करते हैं बनिस्बत एक मेनस्ट्रीम फ़िल्म के जहाँ आपको लगता है कि इसके बाद चेक मिलेगा?

रणवीर शौरी : नहीं, मैं इस मामले में भाग्यशाली रहा हूँ अभी तक कि मुझे चेक के लिए आज तक कोई फ़िल्म नहीं करनी पड़ी है। क्योंकि जब वीजे बना, 1996 में, तब से लेकर आज तक मुझे पैसों और यश की कोई कमी नहीं रही है और इनके लिए मैंने कभी फ़िल्मों में काम नहीं किया। लेकिन फ़र्क़ यही है, कि जिस काम से मुझे प्यार नहीं होता है, मैं वो फ़िल्म नहीं करता हूँ। आज भी जब मुझे कोई फ़िल्म अच्छी नहीं लगती तो मैं उसे छोड़ कर घर बैठ कर किताब पढ़ना या अपने बच्चे के साथ खेलना पसन्द करता हूँ। हाँ, एक फ़र्क़ जो है, वो ये है कि छोटी फ़िल्म ज़्यादा मुश्किल है लेकिन उसका अनुशासन और फ़ोकस ज़्यादा होता है बजाय बड़ी फ़िल्मों के जहाँ स्टार के चोंचले ज़्यादा रहते हैं—कि जी उठ गए हैं बिस्तर से, अब आ रहे हैं, गाड़ी में बैठ गए हैं। उसमें आपका समय और एनर्जी दोनों ज़ाया होते हैं। ये अलग बात है कि बड़ी बजट की फ़िल्मों में पैसे थोड़े ज़्यादा मिलते हैं।

मयंक शेखर : हम राहुल बोस के साथ कानपुर में थे और वहाँ उन्होंने भारत में अंग्रेज़ी सिनेमा की शुरुआत के बारे में अपनी बात रखी थी। जब लोगों ने देखा कि रीगल सिनेमा में कोई 'इंग्लिश ऑगस्ट' जैसी फ़िल्म चलती है और वहाँ उसे अच्छी-ख़ासी भीड़ देखने आती है, तो उन्हें लगा कि अपने देश में भी इंग्लिश में सपने देखने वालों के लिए ऐसी फ़िल्मों का बाज़ार हो सकता है। उन्होंने कहा कि उसका दौर जब शुरू हुआ तो भी वो उसका हिस्सा थे और जब वो बन्द हुआ तो भी वो उसका हिस्सा थे। उन्होंने 'प्यार के साइड इफ़ेक्ट्स' जैसी फ़िल्मों का हवाला देते हुए कहा कि बाद में निर्माताओं को लगने लगा, जैसे प्रीतीश नन्दी और अन्य, कि अगर अंग्रेज़ी में बनी ऐसी फ़िल्में दो करोड़ रुपए कमा ले रही हैं तो क्यूँ ना वैसी फ़िल्मों को हिन्दी में भी बनाया जाए। और यही वो कारण रहा कि कालांतर में हिन्दुस्तानी अंग्रेज़ी सिनेमा बनना बन्द हो गया। क्या आप उनकी इस थ्योरी से सहमत हैं?

रणवीर शौरी : नहीं। मैं नहीं मानता हूँ। यहाँ मैं आपसे एक क़िस्सा साझा करना चाहूँगा। मैं बात कर रहा हूँ राहुल बोस के शुरुआती टीवी सिरीज़ 'अ माउथ फ़ुल ऑफ़ स्काइज़' की, जो भारत का पहला इंग्लिश टीवी सिरीज़ था और जिसमें मैं पोस्ट प्रोडक्शन एग्ज़ीक्यूटिव के तौर पर काम कर रहा था। अब आपके सवाल पर आता हूँ। मैं नहीं मानता कि ऐसा कुछ है और अगर किसी निर्माता ने इस लाइन में सोचा है तो उसने दर्शक के टेस्ट की सही नब्ज़ नहीं पकड़ी है। ये कुछ-कुछ लॉस्ट इन ट्रांसलेशन वाली बात है। आप सिनेमा का अनुवाद कर के सफल नहीं हो सकते कि जी, चलो इस अंग्रेज़ी फ़िल्म को हिन्दी में लिख के बनाते हैं। सिनेमा सिर्फ़ भाषाई ही नहीं बल्कि एक सांस्कृतिक दस्तावेज़ है जिसे ट्रान्स्लेट करने से बेहतर है कि आप एक हिन्दी फ़िल्म ही बना लो। उन कल्चरल रेफ़्रेन्स को सिर्फ़ अनुवाद के आधार पर आप अपनी फ़िल्मों में शामिल नहीं कर सकते हैं। थीम का किसी भाषा से कोई लेना-देना नहीं है।

मयंक शेखर : ये लॉस्ट इन ट्रांसलेशन जैसी बात शायद अमेरिकी या अंग्रेज़ी समाज में ना हो। लेकिन क्या आप बम्बई में रहते हुए, किसी फ़िल्म को साइन करने से पहले, ये सोचते हैं कि इस फ़िल्म से पटना या उत्तर भारत के दर्शक कनेक्ट कर पाएँगे?

रणवीर शौरी : मेरी फ़िल्मों से? मैं दर्शकों की बहुत इज़्ज़त करता हूँ लेकिन यहाँ उनसे माफ़ी चाहूँगा। मैं कोई भी स्क्रिप्ट पढ़ते वक़्त ख़ुद को एक दर्शक के तौर पर रखता हूँ। दूसरा, मैं कोई भी फ़िल्म करने से पहले उसका स्क्रीन-प्ले देखता हूँ कि क्या ये स्क्रीन-प्ले एक अच्छी फ़िल्म में तब्दील हो पाएगा? फ़िल्में कोई शॉर्ट स्टोरी नहीं होती हैं। इसके बाद मैं अपने किरदार के बारे में देखता हूँ क्योंकि एक अभिनेता

के तौर पर मैं अपनी सीमाओं को जानता हूँ। इसके बाद मैं अपने निर्देशक के साथ अपने सम्बन्धों को आँकता हूँ कि उसमें गर्मजोशी है कि नहीं क्योंकि सेट पर एक अभिनेता के लिए सबसे महत्त्वपूर्ण व्यक्ति निर्देशक ही होता है। सेट पर चूँकि कोई ऑडियन्स होती नहीं है कि आपने अच्छा शॉट दिया तो तालियाँ पड़ेंगी और बुरे शॉट पर जूते तो ऐसे में आप अपने काम के बारे में अपनी राय निर्देशक की शक्ल देखकर ही बना सकते हैं। मैं अपनी फ़िल्मों की रीच के बारे में कभी नहीं सोचता हूँ कि ये फ़िल्म पटना या रामगढ़ तक पहुँचेगी कि नहीं। मैं क्रिएटिव एंड पर हूँ—ये सोचना प्रोडक्शन या मार्केटिंग वालों का काम है।

मयंक शेखर : आप ये ज़रूर कहते हैं कि आपने इंडस्ट्री को बस दूर से देखा है लेकिन फिर भी आपने फ़िल्म इंडस्ट्री को बढ़ते हुए देखा है। मेनस्ट्रीम फ़िल्में तब भी बन रही थीं, अब भी बन रही हैं। पर क्या आपको लगता है कि फ़िल्में यहाँ पटना तक आ पाएँ इसके पीछे भी एक क़िस्म की राजनीति होती है। वो जो वितरण के पीछे स्टार सिस्टम की ताक़त है, क्या वो काम करती है?

रणवीर शौरी : सिर्फ़ स्टार सिस्टम ही नहीं बल्कि अभी तो नेपोटिज़्म पर इतनी डिबेट चल रही है। कड़वा सच यही है कि ये सब सच है। ये हमारे चारों तरफ़ है—सिर्फ़ फ़िल्म ही नहीं, हर एक क्षेत्र में। सिनेमा के वितरण में एक तरह का कार्टेल उभर गया है जो सब कुछ नियंत्रित कर रहा है। ये सच है और इसलिए प्रदर्शन के ये नए मंच जैसे नेटफ़्लिक्स, अमेजन और जागरण फ़िल्म फ़ेस्टिवल हम जैसों के सिनेमा को छोटे शहरों तक पहुँचाने का महान काम कर रहे हैं। ऐसी फ़िल्में जो सिर्फ़ मास ऑडियन्स के लिए केन्द्रित ना होकर एक अलग क़िस्म का सिनेमाई बिम्ब रचती हैं—उनका दर्शकों तक पहुँचना ज़रूरी है। ज़रूरी नहीं कि वैसी फ़िल्में जिनमें गाड़ियाँ उड़ रही हैं और पोस्टर के फटने से हीरो बाहर आ जाता हो वही सिनेमा का अंतिम स्वरूप हैं। रोज़मर्रा जीवन भी सिनेमाई हो सकता है और उसको परदे पर ढालना भी सिनेमा है और ऐसे सिनेमा के लिए प्रदर्शन के ये नए माध्यम ज़रूरी हैं क्योंकि मेनस्ट्रीम वितरण का क्षेत्र तमाम क़िस्म की राजनीति से लबरेज़ है।

मयंक शेखर : इससे पहले कि हम इस फ़िल्म पर चर्चा शुरू करें, एक आख़िरी सवाल आपसे। एक चीज़ जो पटना और आप दोनों में कॉमन है वो ये कि आप दोनों को पॉलिटिक्स में बहुत रुचि है। आप भी अक्सर राजनीतिक मुद्दों पर ट्वीट करते रहते हैं और इस शहर में भी जहाँ जाओ वहाँ लोगों को राजनीतिक चर्चा करते पाया जा सकता है। लालू, नीतीश और मोदी के बीच इस त्रिकोणीय राजनीतिक उठापटक के बारे में आपकी राय क्या है? मुझसे रहा नहीं गया ये सवाल पूछे बिना।

रणवीर शौरी : देखिए मैं अभी पटना में बैठा हूँ तो मुझे अपनी जान की फ़िकर है!

(हँसते हुए) तो मैं इतना ही कहूँगा कि देश में सबसे बड़ी दो समस्याएँ, भ्रष्टाचार और भाई-भतीजावाद हैं। यही दो चीज़ें भारत की प्रगति में बाधक हैं। मेरे पिता जी ने, जो ख़ुद भी फ़िल्म जगत से जुड़े हुए थे, उन्होंने मेरे लिए सिवाय एक फ़ोन कॉल के आज तक कभी कोई सिफ़ारिश नहीं की; वो भी तब जब मैं ज़ेवीअर इंस्टिट्यूट से कम्यूनिकेशन में डिप्लोमा लेकर आया था। हमें ख़ुद में थोड़ी इंटिग्रिटी लाने की ज़रूरत है।

राहुल बोस

राहुल बोस न सिर्फ़ एक्टर हैं बल्कि फुल टाइम सोशल एक्टिविस्ट भी हैं। राहुल एक रग्बी प्लेयर और बॉक्सर भी हैं। उन्होंने 1993 से 2003 तक अनेक बंगाली फ़िल्मों में काम किया। हिन्दी में 'तक्षक', 'झंकार बीट्स', 'मिस्टर एवं मिसेज़ अय्यर', 'शौर्य', 'चमेली' आदि कई फ़िल्में हैं जिनमें उनके किरदार को काफ़ी सराहा गया। राहुल बोस एक सफल निर्देशक भी हैं जो 'पूर्णा' जैसी बायोपिक फ़िल्म निर्देशित कर चुके हैं।

बातचीत

राहुल बोस | मयंक शेखर

मयंक शेखर : आपकी फ़िल्म 'पूर्णा', तेलंगाना के एक गाँव से शुरू होकर माउंट एवरेस्ट तक चढ़ती है। पन्द्रह साल बाद, अंग्रेज़ी फ़िल्म 'एवरीबडी सेज आय एम फ़ाइन' के बाद आप फिर से दूसरी बार निर्देशन में हाथ आज़मा रहे हैं। अगर प्रोडक्शन के लिहाज़ से ही देखा जाए, तो कितना मुश्किल था इस फ़िल्म को बनाना?

राहुल बोस : जवाब देने से पहले मैं ये बताना चाहूँगा कि मयंक के साथ मेरी प्रगाढ़ दोस्ती पिछले बीस सालों से है और मैं उनके सिनेमाई ज्ञान का क़ायल हूँ और ये मैं औपचारिकतावश नहीं कह रहा हूँ। जागरण फ़िल्म फ़ेस्टिवल के साथ ये मेरा तीसरा साल है। अब मैं आपके सवाल की तरफ़ आता हूँ। अगर मैं ईमानदारी से कहूँ, तो 'पूर्णा' की स्क्रिप्ट जिस तरह की थी, वैसी फ़िल्मों का निर्माण अक्सर कठिन होता है। हमने निर्माण के क्रम में इस स्क्रिप्ट को पाँच हिस्सों में विभाजित कर दिया था—हमने इसकी शुरुआत पाकाला, पूर्णा के गाँव से की, उसके बाद हैदराबाद, फिर भोंगी रॉक्स—तो इस तरह हमने एक-एक हिस्से पर सात दिन काम किया। चौथा हिस्सा, जो पाँच दिन का शूट था वो था दार्जिलिंग और फ़िल्म के आख़िरी हिस्से के लिए हम जून के महीने में सिक्किम के पास एवरेस्ट बेस कैम्प गए थे जहाँ हमने मिलिटरी स्तर पर तैयारी की थी। अक्सर ऐसा होता है कि जब आपकी फ़िल्म का बजट कम हो, तब आपके पास रचनात्मक स्पेस में खुल कर काम करने की आज़ादी नहीं होती है और आपको सीन-दर-सीन, शॉट-दर-शॉट अपनी फ़िल्म निपटानी होती है लेकिन हमारी क्रिएटिव तैयारी इतनी पुख़्ता थी कि शूट के दौरान कभी भी हमें किसी तरह की मुश्किल नहीं आई। जैसे मैं आपको एक उदाहरण देना चाहूँगा—जब हम भोंगी रॉक्स पर शूट कर रहे थे जिसकी ऊँचाई 700 फ़ीट थी, ऐसे में हमें वहाँ ऊपर, नीचे और ड्रोन से साइडवे शॉट्स लेने थे और एक साथ लेने थे। ऐसे में सुबह-सुबह हमारी कैमरा टीम को ऊपर जाकर कैमरा ऐंगल और जिमी जिब को सेट करना होता था और शूट करने के लिए हमारे पास सिर्फ़

पन्द्रह मिनट का समय होता था। ऐसे में हमें समय और गुणवत्ता दोनों का ही ध्यान रखना होता था। फिर भी हमारी क़िस्मत और तैयारी दोनों इतनी पुख़्ता थीं कि हमने इस हिस्से को सात दिन के गहन शूट के बाद निपटा लिया। तो मेरे लिहाज़ से इस तरह की फ़िल्मों के लिए आपकी तैयारी मायने रखती है।

मयंक शेखर : ये कहानी आपको कहाँ से मिली? क्या आपने ये किसी अख़बार में पढ़ी? क्योंकि दर्शकों का एक बड़ा हिस्सा और मैं भी, इस तरह के किसी भी कारनामे से अनजान था कि पूर्णा एवरेस्ट पर चढ़ने वाली सबसे कम उम्र की लड़की है। क्या आपके पास कोई ये कहानी लेकर आया या फिर आपने इसे टीवी पर देखा? इस कहानी के मूल में क्या है?

राहुल बोस : मुझे भी नहीं पता था। दुनिया की रीत ये है कि हर देश का नैरेटिव अक्सर एक या दो शहरों से बनता है। अमेरिका में क्या हो रहा है ये हम न्यूयॉर्क और वॉशिंगटन से जान लेते हैं। दिल्ली और मुम्बई नहीं हों तो हम नहीं जान पाएँगे कि इस मुल्क में क्या हो रहा है। ये कटु सत्य है लेकिन मॉस्को नहीं होता तो हम रूस के बारे में कुछ भी जान पाते? ये दुःख की बात है। मेरे पास जब स्क्रिप्ट राइटर इस स्क्रिप्ट के साथ आए तो मैं चौंक गया, क्योंकि खेल और सामाजिक मुद्दों में अपनी गहन रुचि के बावजूद मैं इसके बारे में नहीं जान पाया था। हम सबने इस घटना को मिस कर दिया था। एक-दो शहर के बारे में लोग लिखते हैं, बाक़ी नहीं। जब मैंने ये पटकथा पढ़ी तो मुझे लगा कि इस देश में ग़रीब, अनपढ़ और आदिवासी होने के बावजूद उस लड़की ने इन सब बाधाओं को पार कर जिस सफलता को पाया है वो अपने आप में अद्भुत है। ऐसा भी नहीं है कि वो कोई पहाड़ी लड़की थी जिसके लिए पर्वतारोहण कोई नई बात नहीं थी—वो तेलंगाना से थी। इसके बाद जब मैंने इस स्क्रिप्ट से जुड़े मुद्दों पर रिसर्च की तो मुझे मालूम हुआ कि इस देश में कुछ भी करने के लिए एक सिस्टम, एक व्यवस्था है। हाँ ये अलग बात है कि कई बार वह व्यवस्था काम नहीं करती। लेकिन अगर उस सिस्टम में कोई एक ईमानदार अधिकारी आ जाए तो फिर उस व्यवस्था को काम करने से कोई नहीं रोक सकता है। तभी भारत अपनी सबसे गौरवशाली स्थिति को प्राप्त करता है। ये और बात है कि ऐसा बीस सालों में एक बार होता है लेकिन ऐसा होता है। जब सिस्टम काम करने लगता है तब फिर वो जाति-धर्म-रंग-लिंग-नस्ल सब से निरपेक्ष होकर अपना काम करता है। हम इसी बात को फ़िल्म में दिखाना चाह रहे थे। जब हमने माननीय राष्ट्रपति जी को ये फ़िल्म दिखाई तो मैंने उनसे कहा कि सर जब हमारी व्यवस्था काम करने लग जाती है तो कोई अदना-सा व्यक्ति भी एवरेस्ट चढ़ सकता है।

मयंक शेखर : और फ़िल्म में आपने इसी ईमानदार आईपीएस ऑफ़िसर का किरदार निभाया है। क्या आप हमेशा से ही ये रोल करना चाहते थे क्योंकि मुझे

लगता है कि इस फ़िल्म के स्क्रिप्ट राइटर आपके पास इसी रोल के लिए आए थे।

राहुल बोस : बिलकुल मयंक, बिलकुल। वो तो सिर्फ़ मेरे पास डॉ. आर. एस. प्रवीण के इस किरदार के लिए आए थे। वो तो मैंने जब उनसे पूछा कि इस फ़िल्म को कौन बना रहा है तो उन्होंने कहा कि फ़िलहाल उनके पास इस फ़िल्म को बनाने के लिए पैसा नहीं मिला है। तब मैंने कहा कि क्या मैं कोशिश करूँ? क्या वो मुझे इस फ़िल्म को प्रोड्यूस करने देंगे? एक बार जब उन्होंने हामी भर दी, तब जाकर हमने कांट्रैक्ट साइन किए और इस फ़िल्म पर काम शुरू हुआ। जहाँ तक इस फ़िल्म में मेरे निर्देशन की बात है तो वो बहुत बाद की बात है, जब चार-पाँच महीने बाद हम इस फ़िल्म पर काम कर रहे थे। लेकिन निर्देशन से इतर, ये फ़िल्म मेरे पास पहले एक किरदार के लिए आई थी।

मयंक शेखर : और फिर, फ़िल्म-निर्माण के दौरान, क्या कहीं आपको ऐसा लगा कि चूँकि इसका स्केल बहुत बड़ा है और ऐसी फ़िल्मों को बनाने में बहुत लागत आती है तो आपको कहीं ना कहीं इसके निर्माण में चीटिंग करनी होगी? क्या काफ़ी चीटिंग की है आपने?

राहुल बोस : देखा जाए तो फिर भी ये काफ़ी नहीं है। अगर मेरे पास बीस करोड़ होते तो बात कुछ और होती। लेकिन फिर भी फ़िल्म में एवरेस्ट का जो हिस्सा देख रहे हैं वो वास्तव में एवरेस्ट ही है। इत्तफ़ाक़ से हम एवरेस्ट की चोटी के वास्तविक फुटेज दिखाने में कामयाब रहे क्योंकि कुछ एक साल पहले मैंने नेशनल जिओग्राफ़िक के एक शो के लिए मुफ़्त में अपनी आवाज़ दी थी। इसलिए फ़िल्म के दौरान मैंने उनसे उन वास्तविक फुटेज की माँग की जो उन्होंने तीन महीने की सघन पड़ताल के बाद हमें दीं। और ये फुटेज उन्होंने हमें मुफ़्त में दीं। ये मैं अगर किसी को कहूँ तो कोई इस बात पर भरोसा नहीं करेगा। मैंने इस फ़िल्म को ग्रैंड दिखाने में कोई कसर नहीं रख छोड़ी।

मयंक शेखर : क्या आप इस फ़िल्म को राष्ट्रीय स्तर पर मिली व्यावसायिक प्रतिक्रिया से सन्तुष्ट हैं?

राहुल बोस : हाँ और ना भी। पहले मैं हाँ के बारे में बात करता हूँ। मुझे लगा था कि जो भी इस फ़िल्म को देखेगा वो इसे देखे और सराहे बिना नहीं रह पाएगा क्योंकि इसकी कहानी ही कुछ ऐसी थी। लेकिन जिस चीज़ के लिए मैं तैयार नहीं था वो थी ये कि बावजूद बम्बई, दिल्ली, हैदराबाद, पूना, कोलकाता, बैंगलोर—अगर आपकी फ़िल्म के पोस्टर पर कोई जाना-माना चेहरा नहीं है तो लोग उसे आर्ट फ़िल्म ही समझते हैं। हालाँकि ये आर्ट फ़िल्म नहीं है, ये तो मेनस्ट्रीम फ़िल्म है जिसमें आपको पहले से पता होता है कि लड़की एवरेस्ट चढ़ेगी ही चढ़ेगी। ये एक

सीधी-सादी मोटिवेशनल फ़िल्म थी जैसे कि 'दंगल'। 'दंगल' में आमिर ख़ान थे जो कि दुनिया के सबसे बड़े सितारों में शुमार हैं और इस फ़िल्म में कोई भी नहीं था। इस मायने में ये फ़िल्म इस बात की भी अग्निपरीक्षा थी कि बिना किसी बड़े सितारे के बनी एक अच्छी-ख़ासी कहानी वाली फ़िल्म, इन छह-सात बड़े शहरों के बाहर भी अच्छा कारोबार कर सकती है या नहीं—और इसका जवाब अब भी ना है।

अब मैं इसके सकारात्मक पक्ष की बात करूँगा। मैं इसके पहले हफ़्ते के कलेक्शन के आँकड़ों को देखकर बहुत उदास था। फ़र्ज़ करो कि कलेक्शन दस रुपए थे। फिर जब मुझे लगा कि बिना किसी नामचीन चेहरे के ये फ़िल्म कई जगहों पर नहीं चलेगी तो हमने तीन सौ में से डेढ़ सौ स्क्रीन से अपनी फ़िल्म को हटा दिया। उसके बाद, आश्चर्यजनक तौर पर उन बाक़ी शहरों में हमें बहुत अच्छा रेस्पॉन्स मिला। बम्बई में हम कमाई के लिहाज़ से अव्वल नम्बर पर थे, बैंगलोर में हम नम्बर तीन पर थे, कोलकाता में इस फ़िल्म को बहुत अच्छा रेस्पॉन्स मिला। चूँकि इस फ़िल्म की नायिका हैदराबाद से थी तो हमें बहुत अच्छा रेस्पॉन्स मिला। इन सब के बाद, इसके डिजिटल, म्यूज़िक और सैटेलाइट राइट्स को बेचने के बाद मैं ये कह सकता हूँ कि इस फ़िल्म ने अपनी लागत वसूल ली है। लेकिन मैंने बॉक्स ऑफ़िस पर इससे कहीं ज़्यादा अच्छे प्रदर्शन की उम्मीद की थी और मैं ग़लत था।

मयंक शेखर : आपने 'दंगल' का ज़िक्र किया और आपकी फ़िल्म की जो टैग लाइन है कि लड़कियाँ कुछ भी कर सकती हैं, 'दंगल' भी कमोबेश इसी मुद्दे पर बनी थी। कहीं किसी स्तर पर आप इस बात से नाख़ुश हैं कि एक फ़िल्म 'दंगल' जो आपके फ़िल्म के मुद्दे से मिलते-जुलते मुद्दे पर बनी थी वो इतनी हिट रही। क्या आप ये सोचते हैं कि काश आपने ये फ़िल्म 'दंगल' से पहले बनाई होती तो इसे भी दर्शकों का उतना ही प्यार मिलता?

राहुल बोस : नहीं। पहले तो 'लड़कियाँ कुछ भी कर सकती हैं'—ये पूर्णा की कही लाइन है जो उसने अपने एवरेस्ट अभियान से लौटने के बाद प्रेस को दिए किसी इंटरव्यू में कही थी। हमने अपनी फ़िल्म के प्रोमोशन के दौरान उसकी इस लाइन को कॉपी पेस्ट कर के लगा दिया। मुझे पता था कि ऐसे ही मुद्दे पर 'दंगल' आ चुकी है लेकिन मुझे 'दंगल' बेहद पसन्द है। वो एक बड़े लेवल की मेनस्ट्रीम फ़िल्म है लेकिन मुझे इसलिए पसन्द है क्योंकि उस फ़िल्म ने मुझे रुलाया भी है और कई तरीक़े से सोचने पर विवश भी किया है। इसीलिए मुझे लगा कि अगर लोगों ने 'दंगल' देखी है तो अब वो ऐसी फ़िल्मों के लिए तैयार हैं और वो 'पूर्णा' को भी उतना ही प्यार देंगे। लेकिन जो सच है, वो सच है—आठ-नौ शहरों के अलावा ये फ़िल्म बाक़ी शहरों में अच्छा प्रदर्शन नहीं कर पाई।

मयंक शेखर : हाँ, बिलकुल लेकिन इसने उन आठ-नौ शहरों में कमाल का प्रदर्शन किया है। 'दंगल' तो अभी भी चाइना में ज़बरदस्त प्रदर्शन कर रही है। आपकी फ़िल्म का जो मुख्य मुद्दा था वो कहीं ना कहीं महिला सशक्तिकरण से जुड़ा हुआ था। हर देश में समय के साथ राजनीति और समाज में बदलाव आते हैं। एक सामाजिक कार्यकर्ता और कलाकार के तौर पर महिलाओं के बदलते रोल और उनकी सामाजिक-राजनीतिक सहभागिता को देखकर आपको क्या लगता है? क्या आपको लगता है कि ये बदलाव वास्तविक है, क्या आप इसे अपने इर्द-गिर्द महसूस कर पाते हैं?

राहुल बोस : मेरे जवाब को सुनकर आपको यह नकारात्मक नज़रिया लग सकता है, लेकिन असल में इसमें कहीं ना कहीं एक सकारात्मक कोण है। जब एक रूढ़िवादी, पुरुषप्रधान सामाजिक व्यवस्था को चुनौती मिलती है, तो पहले तो वह व्यवस्था उसे पुचकारकर नियंत्रित करना चाहती है। यह नियंत्रण अक्सर ज़मीन-जायदाद से जुड़ा होता है जिस पर सालों से पुरुषों का आधिपत्य रहा है। अब जब महिलाओं ने इसे चुनौती देना शुरू किया है और अपनी माँगों के साथ मुखर हुई हैं तो उनके प्रति हो रहे अपराधों का स्वरूप दिनोदिन बीभत्स होता जा रहा है। औरतों और उनके हक़ के बीच की जो दीवार है वो अभी ढहना शुरू ही हुई है। निर्भया के बाद हमारे मुल्क में नारीवाद का जो तीसरा चरण शुरू हुआ है, मीडिया ने इस दिशा में जो कार्य किए हैं, उसकी वजह से मुझे लगता है कि एक क़िस्म के बदलाव की शुरुआत हुई है। ऐसे परिवर्तनों के होने में समय लगता है लेकिन एक चीज़ जो मुझे पुख़्ता तौर पर लगती है वो ये है कि आने वाले छह-सात सालों में महिलाओं के प्रति अत्याचार का स्वरूप और भी क्रूर होता चला जाएगा।

मयंक शेखर : अब हम एक दूसरे बदलाव के बारे में बात करते हैं—और वो है हमारे सिनेमा में बदलाव। आपने अपनी सिनेमाई यात्रा की शुरुआत 1994 में, उपमन्यु चैटर्जी के मशहूर उपन्यास 'इंग्लिश, ऑगस्ट' पर देव बेनेगल द्वारा इसी नाम से बनाई फ़िल्म से की। हमें बड़ी ख़ुशी होती अगर जागरण फ़िल्म फ़ेस्टिवल में हम ये फ़िल्म अपने दर्शकों को दिखा पाते लेकिन दुर्भाग्य से अब इस फ़िल्म के प्रिंट ही हमारे बीच मौजूद नहीं हैं। 1994 से अब हम 2017 में हैं—पिछले 23 सालों से आप फ़िल्मों की दुनिया का हिस्सा हैं। इन 23 सालों में आपने सिनेमा में कैसा बदलाव होता पाया है, ख़ासकर इंडिपेंडेंट सिनेमा की दुनिया में जिसका आप एक महत्त्वपूर्ण अंग रहे हैं। आपने मल्टीप्लेक्स फ़िल्में तब से की हैं, जब इस देश में मल्टीप्लेक्स थे भी नहीं।

राहुल बोस : मेरी समझ से फ़िल्म इंडस्ट्री में केवल तीन-चार लोग ही हैं जो आपके इस दिलचस्प सवाल का सही जवाब दे सकते हैं और उनमें से एक शायद मैं भी

हूँ। पहली बात तो ये है कि मैंने इंडस्ट्री में अंग्रेज़ी फ़िल्मों के निर्माण की शुरुआत और अन्त, दोनों को देखा है। इंग्लिश में बनी फ़िल्म 'इंग्लिश, ऑगस्ट' के बनने के दौरान किसी को भी नहीं मालूम था कि सौ करोड़ आबादी वाले इस देश में कम से कम दो करोड़ लोग तो इंग्लिश में सपने देखते होंगे, क्योंकि इंग्लिश उनकी प्राथमिक भाषा है और उनके लिए किसी ने भी फ़िल्म नहीं बनाई थी। और ताज्जुब की बात ये है कि जब 'इंग्लिश, ऑगस्ट' रिलीज़ हुई तो मुम्बई के 983 सीटों की क्षमता वाले रीगल सिनेमा में जहाँ आपको अपनी फ़िल्म चलाने के लिए हर दिन कम से कम छह सौ सीटें भरना ज़रूरी है, वहाँ ये फ़िल्म पचास दिन तक चली। तो ये वो दौर था जब भारत में अंग्रेज़ी भाषा की फ़िल्मों का निर्माण शुरू हो गया था क्योंकि लोगों को पता चला कि हमारे आसपास इसका भी एक दर्शक वर्ग तो है और अगर आप एक नियत बजट में फ़िल्में बनाते हो तो ऐसी फ़िल्मों के चलने की भी सम्भावना है। तो 'इंग्लिश, ऑगस्ट', 'बम्बई ब्वायज़', 'स्निप'—ऐसी कई फ़िल्मों का निर्माण हुआ। उसके बाद प्रीतीश नन्दी कम्युनिकेशंज़ ने इस फ़ार्मूले को ईजाद किया कि क्या हम ऐसी ही इंग्लिश कहानियों को हिन्दी में बना सकते हैं जिससे कि ये दो करोड़ से बढ़कर बीस करोड़ दर्शकों तक पहुँच सकें। तो उसके बाद फिर 'झंकार बीट्स' जैसी फ़िल्में बनना शुरू हुईं। इस हिसाब से हिन्दी में इंग्लिश फ़िल्में बनना शुरू हुईं जिनका बजट थोड़ा ज़्यादा था—और इसके बाद भारतीय अंग्रेज़ी फ़िल्मों का देहान्त हो गया। हालाँकि इसके बाद जो बदलाव मैं देख पाता हूँ और जिसका हिस्सा मैं कभी नहीं था—वो है रूरल सिनेमा, रूरल थीम सिनेमा। मैं हमेशा कहता हूँ कि सिनेमा समाज का छोटा भाई है। समाज हमें आतंकवाद दिखाता है तो हम आतंकवाद पर फ़िल्में बनाने लगते हैं। फिर सत्तर के दशक में उसमें माफ़िया और स्मग्लिंग थी तो हमने वैसी फ़िल्में बनाईं। तो ये दौर अब जो था वो रूरल इश्यूज़ पर बनी फ़िल्मों का था जिसके तहत 'गैंग्स ऑफ़ वसेपुर' और 'ओंकारा' जैसी बढ़िया फ़िल्में बनीं लेकिन बदक़िस्मती से इन फ़िल्मों को राहुल बोस की ज़रूरत नहीं थी। इसलिए मैंने एक इंटरव्यू में कहा था कि फ़िल्म जगत एक चार सौ मीटर का ट्रैक है। जब आपको लगे कि आप ट्रेंड की भागमभाग में फिसल गए हो तो आप उसको चेज़ मत करो क्योंकि एक समय के बाद वो ट्रेंड फिर से बदलेगा। हर किसी का वक़्त आता और जाता है। एक समय में अभय देओल आर्ट हाउस और इंडी फ़िल्मों के पोस्टर बॉय बनकर उभरे थे, आज नवाज़ और उन जैसे कई अभिनेताओं का दौर है, कल किसी और का होगा क्योंकि ये जो ट्रेंड है वो बदलता रहता है।

मयंक शेखर : लेकिन उस हिसाब से अस्सी के दशक में मेनस्ट्रीम और आर्ट हाउस सिनेमा के बीच में जो एक खाई थी, जहाँ मेनस्ट्रीम वाले आर्ट हाउस वालों की तरफ़ देखते तक नहीं थे, आर्ट हाउस वाले हमेशा मेनस्ट्रीम की बुराई करते थे, क्या

आपको लगता है कि उनके बीच की खाई फ़िल्म इंडस्ट्री में कम हो रही है?

राहुल बोस : काश मैं आपके इस प्रश्न के जवाब में हाँ कह पाता। लेकिन मेरी समझ में अब भी हमारी इंडस्ट्री में आर्ट हाउस और मेनस्ट्रीम का अनुपात वैसे का वैसा ही है। जैसे 'घरौंदा' बनी या फिर 'गोलमाल', 'चितचोर' या फिर उत्पल दत्त की फ़िल्में—वो क्या थीं? मेनस्ट्रीम या आर्ट हाउस? वही स्थिति कमोबेश आज भी है। अगर आज कोंकणा ने 'डेथ इन द गंज' बनाई है तो वह निश्चित तौर पर एक आर्ट हाउस फ़िल्म है जो वैसे ही दर्शक वर्ग के लिए बनाई गई है। 'पूर्णा' का थोड़ा अलग सा क़िस्सा है। लेकिन अगर हम स्वरा की फ़िल्म की बात करें—'अनारकली ऑफ़ आरा' तो उसे भी एक आर्ट हाउस फ़िल्म के तौर पर ही लिया गया है। वहीं 'सुल्तान',' दबंग', 'रईस' जैसी फ़िल्मों को मेनस्ट्रीम फ़िल्मों का तमग़ा दिया जाता है। मैं किसी विभेद की बात नहीं करूँगा लेकिन फिर भी एक अन्तर तो है ही। एक मेनस्ट्रीम और आर्ट हाउस फ़िल्म में, मेरी समझ से एक ही अन्तर होता है और वो यह कि क्या मैं फ़िल्म देखते समय आगे की कहानी बता सकता हूँ। अगर नहीं, तो वो एक आर्ट हाउस फ़िल्म है, और अगर हाँ तो वह एक मेनस्ट्रीम फ़िल्म है। इसलिए 'मिस्टर एंड मिसेज़ अय्यर' एक मेनस्ट्रीम फ़िल्म है क्योंकि मुझे बस में बैठे जोड़े की कहानी का अगला हिस्सा पता है। आर्ट हाउस फ़िल्मों में और कई बुरी आर्ट हाउस फ़िल्मों में ऐसा नहीं हो सकता है।

मयंक शेखर : बम्बई शहर में आपको लोग एक थिंकिंग मैन के रूप में जानते हैं और इंडस्ट्री का जो माहौल है वहाँ लोग बहुत ज़्यादा सोचने-समझने वाले आदमी से डर जाते हैं कि यार ये बन्दा तो बहुत ज़्यादा सोचता है। तो आपके 23 साल के फ़िल्म करियर में क्या आपने ख़ुद को कभी एक आउटसाइडर की तरह महसूस किया है?

राहुल बोस : बहुत-से रोल होंगे जो मुझे नहीं मिले क्योंकि लोग कहते हैं कि यार वो सेट पर पकाएगा कि इसका मोटिवेशन क्या है, लेकिन जहाँ तक इनसाइडर और आउटसाइडर की बात है तो किसी एक दिन मुझे नहीं लगा कि मैं कोई आउटसाइडर हूँ। जहाँ तक इनसाइडर की बात है, इसके अलग-अलग स्तर हैं। एक होता है भीतर तक धँसा हुआ इनसाइडर, वो मैं नहीं हूँ। मैं फ़िल्म की दुनिया से जुड़े हर व्यक्ति की इज़्ज़त और तारीफ़ करता हूँ क्योंकि फ़िल्म बनाना एक बेहद मुश्किल काम है। दूसरा, फ़िल्म इंडस्ट्री की इज़्ज़त इसलिए भी करता हूँ क्योंकि वहाँ कैमरे के पीछे किसी तरह का कोई भेद नहीं है। हाँ, कैमरे के सामने नायक-नायिका के बीच जो विभेद है वो अपनी जगह पर है लेकिन कैमरे के पीछे सब बराबर हैं। इसलिए मैं ख़ुद को इनसाइडर समझता हूँ। मुझे कई लोग बाहर वेस्ट में जाकर फ़िल्में करने की सलाह देते हैं। मैं उनसे कहता हूँ—ये चेहरा देखा है मेरा—वहाँ इस जैसे चेहरे को

लिए ना जाने कितने हज़ार लोग बेरोज़गार घूम रहे हैं। इस इंडस्ट्री ने मुझे पिछले 23 सालों से लगातार काम दिया है। इसलिए मैं यहाँ ख़ुद को कभी बाहर का नहीं समझता। लेकिन हाँ, मैं ये भी जानता हूँ कि पाँच से ज़्यादा ऐसे रोल थे जो मुझको मिलने थे और नहीं मिले क्योंकि उन्हें लगा कि मैं ज़रूरत से ज़्यादा सोचता हूँ और उनसे उस रोल के बारे में सवाल करूँगा। मराठी में एक कहावत है—त्रास, मतलब मुसीबत। तो मैं उनके लिए शायद त्रास था।

मयंक शेखर : लेकिन इस देश में हमेशा नए क़िस्म की फ़िल्में बनती रही हैं। तो ऐसा कोई रोल या फ़िल्म थी जिसमें आपको लगा कि ये तो मुझे मिलनी ही मिलनी चाहिए?

राहुल बोस : एक रोल था, जिसके लिए मैंने निर्देशक से कहा कि ये तो मैं ही कर सकता हूँ और उसने कहा कि हाँ, पर तुम सेलेबल नहीं हो।

मयंक शेखर : और कोई गिला?

राहुल बोस : इतने लम्बे काम के बाद, टीवी पर कई बार आपकी फ़िल्म आती है जिसके किसी सीन में आपने ख़राब काम किया है। वो देखकर उस समय बुरा तो लगता है लेकिन इसके अलावा मुझे अपने काम से किसी तरह का कोई गिला-शिकवा नहीं है। मुझे काम मिला क्योंकि किसी ने नहीं किया। जैसे मुझे 'इंग्लिश, ऑगस्ट' मिली क्योंकि परवेज़ मर्चेंट जो स्टेज का बहुत अच्छा एक्टर था उसने किसी पारिवारिक कारण से फ़िल्म करने से मना कर दिया था।

मयंक शेखर : लेकिन आप एक अभिनेता के अलावा और भी काम करते हैं—आपने रग्बी में देश का प्रतिनिधित्व किया, फ़िल्म निर्माता तो आप हैं ही, निर्देशक और सामाजिक कार्यकर्ता भी। मैं कहीं आपका कोई इंटरव्यू पढ़ रहा था कि आप इतने व्यस्त हैं कि आपको पिछले पन्द्रह साल से किसी रिलेशनशिप में आने का भी वक़्त नहीं मिला है। आप पिछले पन्द्रह साल से सिंगल हैं। कैसे?

राहुल बोस : ये सब कहने की बातें हैं कि मैं व्यस्त हूँ तो सिंगल हूँ। आपके सामने एक ख़ूबसूरत, उफ़नती, शोख़-सी लड़की हो तो आप उसको ये नहीं कहेंगे कि नहीं यार मैं बहुत बिज़ी हूँ, तुम जाओ। ऐसा नहीं होता है। हक़ीक़त ये है कि मेरे जीवन में कोई है ही नहीं।

मयंक शेखर : क्या आपने 'पूर्णा' को ब्यूरोक्रेट्स को दिखाया जो इससे प्रेरित होकर ज़मीनी स्तर पर बदलाव लाएँ?

राहुल बोस : बिलकुल। और मैं आपको बताऊँ कि उनमें से कई ज़मीनी स्तर पर

काम कर भी रहे हैं। हम उनके बारे में जान नहीं पाते या उन्हें देख नहीं पाते। मैं अंडमान में था जब वहाँ त्रासदी हुई, वहाँ एक अट्ठाईस साल का लड़का, जो कमिश्नर था, वो उनके लिए राहत कार्य कर रहा था। लेकिन मैंने 'पूर्णा' इस मक़सद से नहीं बनाई थी क्योंकि मैं भारत के वर्किंग सिस्टम को सलामी देना चाहता था।

दर्शक : एक व्यक्तिगत सवाल। आपने जब अपनी यात्रा शुरू की तो आपका क्या सपना था?

राहुल बोस : मैं एक सुपरस्टार बनना चाहता था। 35 साल की उम्र में मैंने यह महसूस किया कि मैं एक निर्देशक भी हो सकता हूँ।

दर्शक : एक तरफ़ तो 'दंगल' और 'पूर्णा' जैसी फ़िल्में बन रही हैं जिन्हें देखकर मनोरंजन और ज्ञानवर्धन दोनों होता है, दूसरी तरफ़ बड़े-बड़े स्टार ऐसी फ़िल्में भी साइन कर लेते हैं जिन्हें घंटे-भर भी नहीं देखा जा सकता है। क्यों करते हैं वो ऐसा?

राहुल बोस : मैं फ़िल्म-दर-फ़िल्म तो इसके बारे में नहीं कहना चाहूँगा लेकिन सच्चाई यही है कि चाहे हॉलीवुड हो या बॉलीवुड, यहाँ नब्बे फ़ीसदी सिनेमा एक व्यापार है जहाँ रचनात्मकता को बेचकर पैसे कमाए जाते हैं। मिसाल के तौर पर अगर मैं एक बेस्ट सेलिंग क़मीज़ बनाना चाहता हूँ जो मैं बेच सकूँ तो मैं पिछले साल की तीन बेस्ट सेलिंग क़मीज़ों के डिज़ाइन देखकर उसमें कुछ बदलाव कर वैसा ही कुछ बनाना चाहूँगा। लेकिन मैं कलात्मक तौर पर एक क़मीज़ बनाना चाहूँगा तो फिर वहाँ मैं अपनी रचनात्मक अभिव्यक्ति दे सकूँगा जो कि शायद अलग-सी होगी।

दर्शक : राहुल जी, आपकी फ़िल्म 'पूर्णा' एक अच्छी फ़िल्म थी लेकिन इसके प्रोमोशन में आपने कंजूसी बरती जिससे अधिक से अधिक लोगों को इसके आने की ख़बर नहीं हुई? ऐसा क्यों?

राहुल बोस : आपने बहुत मुफ़ीद सवाल पूछा जिसका जवाब मैं आपको प्रोड्यूसर की टोपी पहनकर ही दूँगा। फ़र्ज़ करो एक फ़िल्म बनाने में लागत आती है 10 करोड़। आज के माहौल में आपके पास उसके प्रोमोशन के लिए आठ से नौ करोड़ होने चाहिए। हमारे पास इसके लिए बस एक करोड़ की राशि थी जो कि टीवी के प्रोमोशन के लिए थी। मेरे पास आख़िरी दस दिन में टीवी पर इसके ताबड़तोड़ प्रोमोशन के लिए पैसे नहीं थे।

दर्शक : क्या 'पूर्णा' के प्रदर्शन के बाद आप भविष्य में ऐसी फ़िल्में बनाने का दुस्साहस करेंगे?

राहुल बोस : ये ज़रूर है कि अब मुझे भी किसी चेहरे की तलाश रहेगी। हालाँकि इस फ़िल्म को अच्छे रिव्यू मिले थे लेकिन सिर्फ़ रिव्यू के आधार पर भी कोई फ़िल्म नहीं देखता है। और आठ से नौ करोड़ की लागत के बाद अगर फ़िल्म सिर्फ़ ब्रेक ईवेन पर जाकर रुक जाए तो ये सोचनेवाली बात है।

वरुण धवन

वरुण धवन बॉलीवुड के बेहतरीन डायरेक्टर डेविड धवन के बेटे हैं। वरुण ने नॉटिंघम ट्रेंट यूनिवर्सिटी से व्यवसाय प्रबन्धन की पढ़ाई करने के बाद 'माय नेम इज़ ख़ान' में बतौर असिस्टेंट डायरेक्टर अपने करियर की शुरुआत की। वरुण ने अपना एक्टिंग करियर फ़िल्म 'स्टूडेंट ऑफ द ईयर' से शुरू किया। इसके लिए उन्हें फ़िल्मफ़ेयर का 'बेस्ट मेल डेब्यू नॉमिनेशन' भी मिला था। हाल ही में आई उनकी फ़िल्म 'अक्टूबर' में उनके काम को दर्शक और आलोचक दोनों से ही ख़ूब सराहना मिली है।

बातचीत

वरुण धवन | मयंक शेखर

मयंक शेखर : कौन अपने बारे में कहेगा कि 'मैं हीरो हूँ'?

वरुण धवन : यदि आप डेविड धवन की फ़िल्म में काम कर रहे हैं तो आप यह बात कहेंगे कि 'मैं हीरो हूँ'।

मयंक शेखर : स्टारडम का भविष्य आप क्या मानते हैं? आप स्टारडम के सबसे अच्छे उदाहरण हैं। आप फ़िल्मी दुनिया के लोगों के बीच पले-बढ़े। इंडस्ट्री के कुछ बड़े नामों के बीच आप रहे। कुछ यादें हैं तो साझा करिए।

वरुण धवन : देखिए, स्टारडम जो है न वह यह है कि आप अपने प्रशंसकों से किस तरह जुड़े रहते हैं। एक अभिनेता तब तक स्टार नहीं बनेगा जब तक कि उसे लोगों का प्यार नहीं मिले। मुझे याद आता है जब पापा की फ़िल्में बॉक्स ऑफ़िस पर धमाल मचा रही थीं तो वे मुझसे कहते थे कि यह सब दर्शकों के प्यार से ही संभव है। दरअसल लोगों से आप फ़िल्म के जरिए कैसे जुड़ते हैं, यह महत्त्वपूर्ण है। आपकी फ़िल्म देखकर लोग अपने दुख को भूल जाएँ, खुश हो जाएँ, यही है स्टारडम। बीस साल पहले फ़िल्म 'जुड़वाँ' प्रदर्शित हुई थी। उस वक़्त तो सोशल मीडिया नहीं था लेकिन फ़िल्म सुपरहिट हुई क्योंकि फ़िल्म लोगों से जुड़ गई थी। अभिनय के बल सलमान ख़ान लोगों से जुड़े थे, वे आज भी बड़े स्टार हैं। जब मेरी पहली फ़िल्म आई तो सलमान भाई ने मुझसे कहा था, 'यह फ़िल्म तो चल गई लेकिन अब आगे क्या करोगे?' उनकी बात सही थी कि आप आगे क्या करोगे यह बताना जरूरी है।

मयंक शेखर : आपके पिता के क़रीबी मित्र हैं गोविन्दा। वे बहुत ही जानकार व्यक्ति हैं। उन्हें ज्ञानी माना जाता है। आपको उन्होंने क्या ज्ञान दिया?

वरुण धवन : जब मैं छोटा था तब चिचि भैया मेरे बारे में कहते थे कि यह बड़ा होकर अजय देवगन की तरह हीरो बनेगा। दरअसल वे सोचते थे कि मैं एक

ड्रामेटिक एक्टर बनूँगा। हालाँकि शुरुआत में मैंने अपने अभिनय के सम्बन्ध में उनसे कोई बात नहीं की क्योंकि तब मैं बहुत छोटा था। लेकिन मैंने गोविन्दा का अभिनय बचपन से ही देखा है और उन्हें देखकर ही मैंने जाना कि अभिनय करना कोई कठिन काम नहीं है।

मयंक शेखर : दर्शक और स्टार के बीच एक सम्बन्ध होता है, जिसे हर कोई समझ नहीं सकता है।

वरुण धवन : नहीं-नहीं। समझ सकता है। यह सब प्यार है, बस प्यार।

मयंक शेखर : तो उस प्यार के बारे में बताइए।

वरुण धवन : प्यार क्यों होता है, यह सवाल आप ऐसे किसी भी व्यक्ति से पूछ सकते हैं जो प्यार में होता है। दरअसल प्यार हो जाता है। प्यार वही करता है, जो डरता नहीं है। ऐसे में यदि आप किसी के प्रशंसक हैं तो आप प्यार को छुपा नहीं सकते। आप उनके लिए अपने प्यार का खुलकर इजहार करते हैं।

मयंक शेखर : तो आप किसके प्रशंसक हैं?

वरुण धवन : सलमान ख़ान, संजय दत्त। मैं संजू बाबा की फ़िल्में नहीं छोड़ता। गोविन्दा, अक्षय कुमार की फ़िल्में तो देखते हुए बड़ा हुआ हूँ।

मयंक शेखर : आखिर क्या वजह होती होगी कि कोई बना रह जाता है और कोई स्टारडम को बरकरार नहीं रख पाता है। जैसे सलमान अब तक सुपरस्टार हैं और गोविन्दा नहीं हैं। यदि आप फ़िल्म समीक्षक होते तो क्या कहते इस विषय पर?

वरुण धवन : नहीं, यह बहुत कठिन काम है। मैं फ़िल्म समीक्षक नहीं बन सकता।

मयंक शेखर : सलमान ख़ान हों या फिर शाहरुख़ ख़ान या आमिर ख़ान, इन सभी का स्टारडम बरकरार है। आखिर आप इसकी वजह क्या मानते हैं?

वरुण धवन : देखिए, यह जीवन की तरह है। आपको जब तक दर्शकों का प्यार मिलता रहेगा, आप तब तक टॉप पर रहेंगे। एक अभिनेता के तौर पर मेरा मानना है कि आप किस तरह की फ़िल्में कर रहे हैं, यह उसी पर निर्भर है।

मयंक शेखर : स्टारडम में भी बदलाव आया है और जो स्टार हैं, उनके काम में भी बदलाव आया है। जैसे सलमान ख़ान को ही लीजिए। वे फ़िल्मों में प्रयोग कर रहे हैं। क्या यह स्टारडम में बदलाव है?

वरुण धवन : देखिए, मेरी इस बात से बहुत लोग इत्तफाक रखते होंगे कि सलमान

ख़ान इस इंडस्ट्री के मेहनती कलाकार हैं। अपनी फ़िल्मों में अभिनय को लेकर वे हमेशा से मेहनत करते आए हैं। वैसे अब बहुत कुछ बदला है। यह समय सोशल मीडिया का है। लोग-बाग फ़िल्म देखते हैं और तुरंत अपनी प्रतिक्रिया देते हैं। इसलिए आज के दौर में आपको बहुत मेहनत करनी पड़ रही है। यह एक तरह की लड़ाई है। आपको अच्छी फ़िल्में ही करनी होंगी।

मयंक शेखर : आप जिस दौर के नायक हैं, वह सोशल मीडिया का दौर है। क्या आप मानते हैं कि फ़िल्म को जनता किस तरह से लेगी यह सोशल मीडिया तय करता है।

वरुण धवन : मैं आपकी बात से सहमत हूँ। देखिए कुछ लोग सोशल मीडिया स्टार होते हैं। लेकिन यह भी सच है कि ऐसे लोग अपनी फ़िल्म नहीं चला सकते हैं। दरअसल अपना देश बहुत बड़ा है। हर जगह के दर्शक अलग होते हैं। मल्टीप्लेक्स के अलग होते हैं। वैसे यह भी सच है कि स्टार शब्द को ग़लत तरीक़े से रखा जा रहा है। मेरे हिसाब से मीडिया स्टार शब्द को किसी के नाम के साथ जोड़ने में जल्दबाजी कर देता है। एक स्टार वही होता है, जिसे सभी लोगों का प्यार मिलता है। जैसे राजेश खन्ना या सलमान ख़ान की बात हम कर सकते हैं, जिनकी कहानी सुनकर हम बड़े हुए हैं।

मयंक शेखर : मुझे याद आ रहा है कि एक बार अक्षय कुमार ने मुझसे कहा था कि अब दर्शक तय करते हैं कि उनके स्टार किस तरह का अभिनय करेंगे। क्या आप इस बात से सहमत हैं?

वरुण धवन : मैं उनकी बात से सहमत हूँ। जब मैंने फ़िल्म 'एबीसीडी 2' की तो लोग उस तरह से मुझसे नहीं जुड़े लेकिन हमने फ़िल्म को पूरा करने में जिस तरह की मेहनत की, उस वजह से हमें पहचान मिली। मुझे याद है कि फ़िल्म को लेकर लोग मुझसे कहने लगे कि फ़िल्म में मैंने मेहनत की है। मेरा बस यही कहना है कि आपकी मेहनत को लोग देखते हैं। मेरी अन्य फ़िल्मों के साथ भी यही हुआ। 'जुड़वाँ 2' में मैंने डबल रोल किया। यह सही है कि हर अभिनेता अपने काम में पूरी मेहनत करता है। यह अलग बात है कि कुछ फ़िल्में नहीं चल पाती हैं लेकिन कलाकार तो मेहनत करते ही हैं।

मयंक शेखर : एक समय था, 90 के दशक में, जब एक अभिनेता साल में पाँच से छह फ़िल्में कर लेता था। क्या आप मानते हैं कि आज के दौर में ऐसा करना आसान काम नहीं है?

वरुण धवन : बदलाव आया है। वैसे हर फ़िल्म 'बाहुबली' नहीं हो सकती है।

ठीक वैसे ही जैसे संजय लीला भंसाली पूरा समय लेते हैं एक फ़िल्म को तैयार करने में। वहीं मेरी फ़िल्म 'बद्री की दुल्हनिया' को ही लीजिए, दो महीने में इसकी शूटिंग पूरी हो जाती है और आठ महीने बाद फ़िल्म पर्दे पर। एक अभिनेता के तौर पर मेरा मानना है कि हम बहुत मेहनत करते हैं और कर भी सकते हैं लेकिन हमें अपने शरीर की चिंता होती है। दूसरी बात हम ख़ुद को एक अभिनेता या इंडस्ट्री नहीं मानते हैं, हम ख़ुद को एक समाज मानते हैं। यही कारण है कि अब हम अधिक फ़िल्में नहीं कर पाते हैं।

मयंक शेखर : ट्विटर के 2016 के आँकड़े के अनुसार आप नंबर वन स्टार हैं। वहीं कंगना जैसी भी कलाकार हैं जो सोशल मीडिया से ख़ुद को दूर रखती हैं और कहती हैं कि इस प्लेटफार्म से नुकसान ही होता है। आपका क्या मानना है?

वरुण धवन : हाँ, मैं 100 फीसदी सहमत हूँ। सोशल मीडिया आपकी अपनी वैचारिक प्रक्रिया को नुकसान पहुँचा सकता है।

मयंक शेखर : आपने पहले कहा था कि आप ख़ुद को शहरों का नायक नहीं बनाना चाहते हैं। आप ख़ुद को देश का नायक बनता देखना चाहते हैं।

वरुण धवन : हाँ, यह सही है। यह बहुत दुख की बात है कि दक्षिण भारत में हमारी फ़िल्में नहीं चल पाती हैं। हम ऐसी स्थिति बनाएँ कि पूरे देश में हमारी फ़िल्में चलें, दक्षिण से लेकर उत्तर तक। 'बाहुबली' इसका उदाहरण है। यह फ़िल्म देश-भर में चली।

मयंक शेखर : आप बहुत कम उम्र से ही सिने-स्टार बनना चाहते थे। यह सच है क्या?

वरुण धवन : हाँ, यह सही है।

मयंक शेखर : जब आप ख़ुद को देश का स्टार बनता देखना चाहते हैं तो यह जरूरी है कि आप देश की डेमोग्राफी को समझें।

वरुण धवन : हाँ, यह सच है। मैं इस बात को समझने की कोशिश कर रहा हूँ। मैं ख़ुद को एक अभिनेता के तौर पर ख़ुशक़िस्मत मानता हूँ कि मैं लोगों से मिलता हूँ और उनकी बातें सुनता हूँ। अपनी एक फ़िल्म की शूटिंग के दौरान हम कोटा गए थे तो लोगों से बात कर बहुत कुछ पहली बार जानने का मौक़ा मिला।

मयंक शेखर : ऐसा माना जाता है कि जिनका सम्बन्ध फ़िल्म परिवार से होता है, उन्हें कुछ विशेषाधिकार मिले होते हैं।

वरुण धवन : नहीं, ऐसा पूरी तरह नहीं होता है। कुछ लाभ तो होते ही हैं। आपका सम्बन्ध यदि फ़िल्मी दुनिया से जुड़े लोगों से होता है तो आपको उन्हें जानने का क़रीब से मौक़ा मिलता है। कई लोग हैं जो फ़िल्मी परिवार से जुड़े रहने के बावजूद संघर्ष कर आगे बढ़े।

मयंक शेखर : आपने ख़ुद कुछ फ़िल्मों के लिए ऑडिशन दिया?

वरुण धवन : हाँ, 'धोबी घाट' के लिए मैंने ऑडिशन दिया था। यह भी सच है कि कई ऑडिशन में मैं असफल भी हुआ।

मयंक शेखर : आपने ऑडिशन के लिए नाम भी बदला था ताकि आप किस परिवार से हैं लोग न जान पाएँ।

वरुण धवन : मुझे इस बात को लेकर सन्देह था कि मेरे पिता ख़ुद मुझे अपनी फ़िल्म में लॉन्च नहीं करेंगे। एक बार मेरी माँ ने मुझे कहा कि पिता तुम्हें लॉन्च नहीं करेंगे। इसके बाद ही मेरे भाई ने मुझे ऑडिशन के बारे में कहा।

मयंक शेखर : करण जौहर से कैसे मिलना हुआ?

वरुण धवन : वे मुझे नहीं पहचानते थे। मैं धर्मा प्रोडक्शन्स गया था। उस वक़्त मेरे बाल पीछे से काफी लंबे होते थे और मैं काफी ढीली-ढाली जींस पहनता था। मैं उनके ऑफ़िस गया तो उन्होंने पूछा कि तुम क्या करना चाहते हो? मैंने कहा कि मैं आपको असिस्ट करना चाहता हूँ। मुझे याद है कि उन्होंने कहा था कि धर्मा प्रोडक्शन्स में बहुत सारे असिस्टेंट हैं लेकिन तुम यदि काम करना ही चाहते हो तो बाल छोटे कराने होंगे।

विजय राज़

5 जून, 1963 को दिल्ली में जन्मे विजय राज़ किरोड़ीमल कॉलेज, दिल्ली यूनिवर्सिटी के छात्र थे। विजय कॉलेज के दिनों में 'द प्लेयर्स' नाम के एक थिएटर ग्रुप के सदस्य थे और एनएसडी में प्रस्तुति दिया करते थे। वहीं नसीरुद्दीन शाह ने उनके काम को देखकर महेश मथाई को 'भोपाल मेल' और मीरा नायर को 'मॉनसून वैडिंग' में उन्हें लेने के लिए कहा। विजय ने अपने फ़िल्मी करियर की शुरुआत 1999 में की थी।

बातचीत

विजय राज़ | स्मिता श्रीवास्तव

स्मिता श्रीवास्तव : आज के माहौल में एक निर्माता के लिए फ़िल्में बनाना कितना मुश्किल होता जा रहा है?

विजय राज़ : मुश्किल क्या नहीं हो रहा है आज आप बताएँ? आप फ़िल्मों की बात पूछ रहे हैं, यहाँ जीना मुश्किल होता जा रहा है। फ़िल्में नहीं थीं तो क्या लोग नहीं थे? फ़िल्में ही सब कुछ थोड़े हैं। हाँ, यह सच है कि फ़िल्में बनाना मुश्किल है लेकिन क्या एक आदमी जो रेहड़ी लगाकर अपने बच्चों का भरण-पोषण कर रहा है, ये उससे ज़्यादा मुश्किल है क्या?

स्मिता श्रीवास्तव : आपने हाल ही में 'क्या दिल्ली क्या लाहौर' फ़िल्म का निर्माण किया। उसके बाद दूसरी कब बना रहे हैं?

विजय राज़ : जब मौज आएगी बना लेंगे; उसमें क्या है।

स्मिता श्रीवास्तव : लेकिन करियर को इस तरह से लेना... ?

विजय राज़ : करियर साइकिल के पीछे लगने वाली चीज़ है।

स्मिता श्रीवास्तव : लेकिन अगर आप संज़ीदा नहीं होंगे तो युवाओं को क्या सन्देश देंगे?

विजय राज़ : संज़ीदा होना किसे कहते हैं? मुझे देख के आपको क्या लगता है? मेरा जो काम है मैं उसमें मज़ा लेता हूँ। सन्देश देने का भार मैं ख़ुद पर नहीं लेता हूँ। जब काम में मज़ा नहीं आएगा, तो दिमाग़ बन्द हो जाएगा। मेरे लिए संज़ीदगी वही है कि जो भी करें उसमें आनन्द लें, तालमेल बिठाएँ। गम्भीर हो जाना मेरे लिए संज़ीदगी नहीं है। मुझे मेरे काम में मज़ा आ रहा है और ये मैं करता रहूँगा और उसमें अगर संज़ीदगी आपको नहीं दिख रही है तो फिर आपको अपने देखने का नज़रिया थोड़ा बदलना होगा।

स्मिता श्रीवास्तव : विजय जी, आपने ढेर सारी फ़िल्में की हैं जो कि अलग-अलग सामाजिक पृष्ठभूमि की हैं। वैसे में अलग-अलग क्षेत्रों का भाषाई ज्ञान होना एक अभिनेता के लिए कितना ज़रूरी है?

विजय राज़ : बहुत ज़रूरी है। भाषा ही वो ज़रिया है जिसके ज़रिए आप अपनी बात किसी तक पहुँचाते हैं। तो इस लिहाज़ से मैं कोशिश करता हूँ कि जिस क्षेत्र का किरदार निभा रहा हूँ उसकी भाषा सीखूँ। लेकिन मेरे लिए मौज सबसे महत्त्वपूर्ण चीज़ है। और मौज का क्या है कि इतनी स्वतंत्र चीज़ है कि आई तो आई और नहीं आई, तो नहीं आई। आप उसका कुछ कर नहीं सकते हैं।

स्मिता श्रीवास्तव : आपको अपने किरदार के लिए प्रेरणा कहाँ से मिलती है? क्योंकि आपका हर किरदार पिछले वाले किरदार से भिन्न होता है और हर बार आपको दर्शकों को सरप्राइज़ करना होता है।

विजय राज़ : ये ज़िम्मेदारी मैंने क़तई नहीं ली है कि मुझे दर्शकों को सरप्राइज़ करना है। वो हो जाएँ तो उनकी मौज है, वरना जैसा मुझे समझ में आता है वैसा मैं कर देता हूँ। और मैं कोशिश ये करता हूँ कि जितना ज़्यादा हो सके मैं अपने किरदार को हर आदमी तक पहुँचा दूँ। ये कहाँ से होता है मेरे भीतर ये मैं भी जानने की कोशिश कर रहा हूँ। एक समय के बाद जब इसका उत्तर मिलना बन्द हो गया तो मैंने ख़ुद से ये सवाल पूछना बन्द कर दिया है। जो हो जाता है, वो बस हो जाता है इतना-सा ही सच है और सत्य बहुत सादा होता है।

स्मिता श्रीवास्तव : आपकी पसन्दीदा फ़िल्म कौन-सी है?

विजय राज़ : ये बड़ी दिलचस्प बात है कि मैं फ़िल्मों में काम करता हूँ, लेकिन फ़िल्में नहीं देखता। इसमें भी अपनी एक ख़ास क़िस्म की मौज है। हर चीज़ को क्यों नापना या तोलना है? अभी थोड़ी देर पहले मैं एक कैफ़े में बैठा था। एक सज्जन ने कहा कि थिएटर मर रहा है। मेरा कहना है कि कौन नहीं मर रहा है। थिएटर मरता है तो मरे। एक और चीज़ मर जाएगी। अगर बचाना है तो फिर सबको बचाओ न। एक ही ज़बान से दो तरह की बातें कहना कुछ लाज़मी नहीं लगता है; जब जो जी में आया कह दिया, ये कौन-सी बात है? कई बार हमको लगता है कि हम कुछ हैं। लेकिन सच ये है कि हम वो होते नहीं हैं जो हम ख़ुद को सोच के बैठे हैं।

स्मिता श्रीवास्तव : आपका थिएटर का अनुभव कैसा रहा? आप नसीर के साथ प्ले किया करते थे। अभी भी क्या आपका थिएटर से जुड़ाव है?

विजय राज़ : थिएटर ने मुझे आनन्द लेना सिखाया। 1998 में मैंने दिल्ली छोड़ दी। उसके बाद कभी थिएटर किया नहीं क्योंकि कुछ हुआ नहीं। अगर वैसा कुछ हो जाता तो मैं ज़रूर करता।

स्मिता श्रीवास्तव : वैसे तो आप एनएसडी से हैं नहीं लेकिन वहाँ के नाट्य ग्रुप से आपका गहरा जुड़ाव रहा है और आपने कई नाटक उनके साथ किए हैं। हाल के कुछ वर्षों में सिनेमा में जो बदलाव आया है, जो डायलॉग डेलिवरी में बदलाव आया है उसमें एनएसडी से आए हुए अभिनेताओं का बहुत बड़ा योगदान रहा है। आप इसे कैसे देखते हैं?

विजय राज़ : दरअसल पूरी धरती बड़ी ज़ोर से बदल रही है और जब बदलाव आता है, तो सारी चीज़ें बदलती हैं। अब आप देखिए न, खेती कितनी बदल गई है, कितने कम लोग खेती कर रहे हैं। खेती की ज़मीन इंडस्ट्री में बदल रही है तो बस लोगों ने खेत बेच दिए। ये कितना बड़ा बदलाव है। भाषा और अभिनय तो बड़ी छोटी चीज़ें हैं। अभिनेताओं को तो अभिनय की ट्रेनिंग दी जाती है और हिन्दी एक अकेली भाषा है जिसके सैकड़ों डाइयलेक्ट हैं। तो हुआ ये है कि अलग-अलग जगहों से लोग पहुँच रहे हैं बम्बई अभिनय के लिए और जब लोग ट्रेंड होते हैं तो उन डाइयलेक्ट्स को अपनी ज़बान में उतार लाते हैं। रही बात कि एनएसडी की तो जब यह नहीं था, सिनेमा तब भी था, और जब सिनेमा नहीं था जीवन तब भी था।

स्मिता श्रीवास्तव : अभिनय एक ऐसा करियर है जिसे बहुत असुरक्षित माना जाता है। तो आपके माता-पिता की क्या प्रतिक्रिया रही जब आपने उन्हें बताया कि आप अभिनय को अपना करियर बनाने वाले हैं? फिर आपकी पहली फ़िल्म 'भोपाल एक्सप्रेस' के बाद उनकी क्या प्रतिक्रिया रही?

विजय राज़ : सभी माँ-बाप की तरह मेरे माँ-बाप भी मेरे जीवन में सुरक्षा चाहते थे। लेकिन आप बताइए कि सुरक्षा किस क्षेत्र में है? कभी भी आप हैं और अगले ही पल नहीं भी हो सकते हैं। और मुझे जो चीज़ जीवन में अच्छी लगी, वहीं मैंने किया। मैंने अपने माता-पिता से कहा कि यार अभिनय में मेरी दिलचस्पी है और ये मुझे करना है। उन्होंने फिर रोका भी नहीं। दरअसल उन्हें मालूम था कि रोकेंगे भी तो ये रुकेगा नहीं।

स्मिता श्रीवास्तव : नसीर साब के बारे में जानना चाहेंगे आपसे? आपने उनके साथ 'मॉनसून वेडिंग' की। उनके साथ आपका पुराना रिश्ता रहा है।

विजय राज़ : हमारी उम्र में थोड़ा-सा फ़र्क़ है लेकिन नसीर साब को मैं नसीर भाई ही बुलाता हूँ। बड़े ही सुन्दर व्यक्तित्व के धनी हैं नसीर साब। जब मैं थिएटर किया

करता था तो वो मेरा एक नाटक देखने आए थे। नाटक के बाद उन्होंने मेरे काम की दाद देने के लिए इंतज़ार किया और उसके बाद से हमारे बीच जो सम्बन्ध स्थापित हुआ वो आज भी चल रहा है। हमने कई फ़िल्में साथ में की हैं। मुझे मज़ा आता है उनके साथ काम करने में। जब इस तरह के लोग साथ में काम करते हैं चाहे वो सिनेमा हो या थिएटर हो तो कुछ जादू-सा होता है। कुछ तो शब्द होते हैं जिनसे हम बात करते हैं, कुछ बिना शब्दों के बातचीत होती है। उसका एक अलग आनन्द है। उनसे बतियाने में एक अलग मज़ा है।

स्मिता श्रीवास्तव : आपके कई किरदार और संवाद, जैसे कौआ बिरयानी वाला डायलॉग, लोगों के बीच ऐसे छा गए हैं, कि आपका नाम सुनते ही लोग उस किरदार को याद करने लगते हैं। ऐसे में आपको नहीं लगता कि आपका जो असल व्यक्तित्व है वो उन किरदारों से थोड़ा छुप-सा जाता है?

विजय राज़ : किरदार तो एक ज़रिया है लोगों तक पहुँचने का, आप तक पहुँचने का। मैं यहाँ आज आपके सामने उन्हीं किरदारों की वजह से हूँ। ये एक बड़ी मज़ेदार यात्रा है। उस किरदार के ज़रिए मुझे ढेर सारे मज़ेदार लोग मिलते हैं।

स्मिता श्रीवास्तव : तो कोई मज़ेदार वाक़िया हमसे साझा करना चाहेंगे क्योंकि आप तो ढेर सारे अलग-अलग क़िस्म के लोगों के साथ मिलते-जुलते होंगे।

विजय राज़ : ये सब जो मेरे सामने बैठे हैं ये सब के सब वाक़िये ही हैं सारे।

स्मिता श्रीवास्तव : विजय जी, आपने अलग-अलग क़िस्म के रोल किए हैं। लेकिन आपके भीतर के कॉमेडियन को सबसे पहले किसने खोजा?

विजय राज़ : मैंने ही।

स्मिता श्रीवास्तव : लेकिन अभिनय के क्षेत्र में ख़ुद के भीतर के इस शेड को यूँ ही खोज लेना भी एक कठिन काम है। ये कैसे किया आपने?

विजय राज़ : जिस भी काम में जिस व्यक्ति को मज़ा आता होगा वो अपने आप क्रिएटिव हो जाएगा। जब मज़ा आने लगेगा काम में तो वो काम और आप दोनों एक हो जाएँगे। एक अलग ही अनुभूति होती है उस वक़्त जब आप अपने काम में मज़ा लेने लगते हैं। हाँ, लेकिन जब काम बोझ बन जाए तो फिर उस काम को करने का कोई फ़ायदा नहीं होता है। बेहतर है कि उस काम को छोड़ दिया जाए।

स्मिता श्रीवास्तव : एक एक्टर के लिए अपने किरदार में इम्प्रोवाइज़ेशन करना कितना ज़रूरी होता है? क्योंकि एक बार जब स्क्रिप्ट लॉक हो जाती है तो फिर ज़्यादातर चीज़ें जो हैं वो निर्देशक ही करता है। आपके हिसाब से कितना ज़रूरी

होता है और क्या आप हर बार हर किरदार में ये कर पाते हैं?

विजय राज़ : हाँ, मैं कर लेता हूँ। स्क्रिप्ट में जो चीज़ें लिखी हुई होती हैं उनमें अक्सर मरे हुए शब्द होते हैं और जब अभिनेता उस किरदार को, उन शब्दों को निभाता है तो उनको साँस मिलती है। वो अपने आप ही बदल जाती हैं। एक चीज़ है जो किताब में लिखी हुई है और एक चीज़ है जो जी जा रही है—तो उसमें अन्तर तो होगा ही। इसलिए आप देखिए हम जीवन में किताब में लिखी बातें कहाँ जी पा रहे हैं। अब ये अभिनेता की समझ पर है कि वो लिखी हुई चीज़ों को किस तरह से जीवंत करता है। जैसे मुझे कई बार ताज्जुब होता है कि यार ये जो कौआ बिरयानी है, ये इतना पसन्द है लोगों को। तो कई बार मैं सोचता हूँ क्यों?

स्मिता श्रीवास्तव : बॉलीवुड में जो स्टार सिस्टम है उसके चलते कई बार कई प्रतिभाशाली अभिनेताओं को वो पहचान नहीं मिल पाती है जिसके वो हक़दार हैं। आपका इसके बारे में क्या सोचना है?

विजय राज़ : दरअसल इस सवाल में कुछ है नहीं क्योंकि सब लोग इसमें लगे हुए हैं। यह एक क़िस्म की साइकिल है। ऐसा कुछ भी नहीं है, जो भी व्यक्ति अगर उसमें कुछ बात है, वो दिखेगा ही। देर-सवेर यहाँ हर उस आदमी को सफलता मिलनी है जिसमें टेलेंट है। अगर आपको वो सफलता नहीं मिल रही है यहाँ तो शायद आप में वो बात नहीं है या फिर आपने कोशिश नहीं की है या फिर आप थक चुके हैं। जिस आदमी को भी अपनी बात ईमानदारी से कहनी है, वो बात लोगों तक पहुँचेगी ही। दूसरों की बात छोड़ो, ख़ुद के पास जो हुनर है उसको तराशो। अच्छा ही होगा। जिस दिन से आपने अपने हुनर को तराशना शुरू कर दिया उस दिन से कमाल होना शुरू हो जाएगा।

स्मिता श्रीवास्तव : संघर्ष को कितना ज़रूरी समझते हैं आप?

विजय राज़ : संघर्ष कुछ नहीं होता। ये सब फालतू की बातें हैं; जीवन ख़ुद में एक संघर्ष है!

स्मिता श्रीवास्तव : लेकिन बहुत-से कलाकार ये कहते हैं कि हमने बहुत संघर्ष किया है?

विजय राज़ : मैं उनमें से नहीं हूँ। अब आपने बुला लिया, मैं आ गया, बिठा दिया, बैठ गया, फूल दिए ले लिये। मैं ख़ुद को इतना सीरियसली क्यों लूँ?

स्मिता श्रीवास्तव : पर आपने कुछ तो सोचा होगा ना कि लोग आपके काम को किस तरह देखेंगे?

विजय राज़ : वो लोग तय करेंगे। मैं कौन होता हूँ वो तय करने वाला। मुझे वो करने में मज़ा आता है तो मैंने किया है। लोगों को देखने में मज़ा आएगा तो वो देखेंगे। मैं किसी के साथ कोई ज़बरदस्ती तो नहीं कर सकता हूँ कि भई मज़े ले। यहाँ हर आदमी एक बादशाह है। फ़र्क़ यही है कि मैं यहाँ हूँ, वो वहाँ बैठे हैं, लेकिन हवा तो एक ही है।

स्मिता श्रीवास्तव : आज के दौर में सिनेमा बनाना एक महँगा और कठिन व्यवसाय हो गया है। इसमें सबसे बड़ी रुकावट है अलग-अलग स्तरों पर इसका विरोध होना। आप इसके बारे में क्या सोचते हैं?

विजय राज़ : लोग तो आज अपनी पसन्द का सिनेमा अपने हाथ में लेके घूम रहे हैं। इतनी सारी चीज़ें हैं देखने के लिए। कहाँ-कहाँ रोकोगे? सड़क पे रोकोगे तो बन्दा घर पे चढ़ जाएगा, घर पे पिता जी रोकेंगे वो छत पर चढ़ जाएगा। देखेगा क्या वो देख चुका है। आप क्या चाह रहे हो कि बन्दा ना देखे, वो सब कुछ देख रहा है। तो ये सब कुछ जिसे आज संस्था कहते हैं, एक मदारी जैसा है जिसे एक डुगडुगी मिल गई है तो बजाना ही है। बजाते रहो!

स्मिता श्रीवास्तव : हम नसीर साब से बात कर रहे थे तो उन्होंने बताया कि 'निशान्त' फ़िल्म में उनका किरदार उनके निजी जीवन के सबसे ज़्यादा क़रीब है। आपके अभिनय करियर में कोई ऐसा किरदार जो आपके जीवन के सबसे ज़्यादा क़रीब रहा हो?

विजय राज़ : सभी मेरे दिल के क़रीब हैं क्योंकि करने वाला मैं हूँ। लेकिन अब कोई एक मेरे जैसा कह पाना बड़ा मुश्किल होगा। हम आम जीवन में कई तरह के किरदार जीते हैं; मैं तो चलो एक अभिनेता हूँ लेकिन हर आदमी अपने भीतर कितने सारे किरदार लिये चल रहा है। कुछ लोग होंगे जो ख़ुद को कहेंगे कि नेता हैं; उनको देखिए कितने बड़े अभिनेता हैं। आपका ये सवाल जो है बड़ा कॉम्प्लेक्स है और शायद इसका जवाब भी गूढ़ है। इस सवाल का जो धरातल है वही कमज़ोर है। किसको कहेंगे कि ये मेरे भीतर का किरदार है!

विनय पाठक

विनय का जन्म 27 जुलाई, 1968 को भोजपुर, बिहार में हुआ था। इलाहाबाद यूनिवर्सिटी से ग्रेजुएशन करने के बाद वे उच्च शिक्षा के लिए अमेरिका चले गए। विदेश में रहकर पढ़ते हुए विनय के पास बहुत से किरदारों के ऑफ़र आने लगे थे। उनका एक लम्बा टेलीविज़न और फ़िल्मी करियर रहा है। 'खोसला का घोंसला' और 'भेजा फ्राई' में अपने अभिनय से उन्हें काफ़ी प्रसिद्धि मिली। उन्होंने 'दस्विदानियाँ' (2008) फ़िल्म प्रोड्यूस भी की थी, जो कि आर्ट सिनेमा का बेहतरीन उदाहरण है।

बातचीत

विनय पाठक | मयंक शेखर

मयंक शेखर : हम आज भारत भूषण की नहीं, बल्कि विनय पाठक की कहानी जानने के लिए बैठे हैं। भारत भूषण का ज़िक्र इसलिए कि इस साल आपके जीवन की सबसे बड़ी हिट 'भेजा फ्राई' के दस साल होने वाले हैं। इस फ़िल्म ने आपको घर-घर में पहचान दी। जितना मैं आपको जानता हूँ, आप एक ज़बरदस्त फ़िल्म बफ हैं। जैसा कि आप कह रहे थे कि बचपन के दिनों में जब आप इलाहाबाद में थे तो आप हर रोज़ एक फ़िल्म देखते थे। और मैंने आपका एक इंटरव्यू पढ़ा है जिसमें आप कह रहे थे कि जब आप एमबीए कर रहे थे तो एक दिन एक नाटक देखने गए। उससे आपकी ज़िन्दगी बदल गई। मेरा आपसे पहला सवाल यही है कि जब आप इतने बड़े सिने-प्रेमी थे, तो आपको अपनी ज़िन्दगी की धार मोड़ने के लिए न्यूयॉर्क में उस नाटक की ज़रूरत क्यों पड़ी?

विनय पाठक : मुझे लगता है कि ये जो कहावत है—'लास्ट नेल इन द कॉफ़ीन', ये वैसा ही कुछ था। मेरे अन्दर बचपन से जो कुछ भी रच रहा हो, दिमाग़ में मथ रहा हो उसको उतना जोश तब तक नहीं मिला था जब तक मैं बिज़नेस स्कूल में था। उससे पहले मैंने अपने जीवन में वैसा कभी कोई नाटक नहीं देखा था। मैं देहाती आदमी हूँ, मेरी पैदाइश भोजपुर की है, मैं बिहारी हूँ। और मैं न्यूयॉर्क में पढ़ने गया। वहाँ पर मैंने पीटर चैपेर का नाटक देखा और मैं लगातार आठ दिन तक उस नाटक को देखने गया। मुझे लगा शायद वो नाटक मुझे समझ में नहीं आ रहा है। बाद में उस नाटक ने चीज़ों के प्रति, मनोरंजन के प्रति मेरे नज़रिए को एकदम से बदल दिया था और शायद मुझे भी। चूँकि मैं न्यूयॉर्क में था और अपनी पढ़ाई का ख़र्चा ख़ुद उठा रहा था, तो एक वो जो थोड़ा तैश होता है, मैंने उसमें आ कर पढ़ाई छोड़ दी क्योंकि इस बात का भी डर नहीं था कि पिता जी क्या कहेंगे। उस वक़्त मुझे लगा कि अगर अब मैं थिएटर नहीं करूँगा तो फिर ये मौक़ा कभी नहीं आएगा। उससे पहले छात्र जीवन में थिएटर के लिए मिले मौक़ों को छोड़ दिया था; पहले भोजपुर, फिर इलाहाबाद विश्वविद्यालय, फिर साहित्य—चीज़ें होती चली गई थीं, लेकिन

न्यूयॉर्क में उस नाटक के बाद, मुझे पता चल चुका था कि मुझे आगे चल के क्या करना है।

मयंक शेखर : आपने फिर वो स्टूडेंट लोन कैसे चुकाया?

विनय पाठक : काफ़ी समय लगा। वो एक लम्बा क़िस्सा है। फिर कभी।

मयंक शेखर : ये दिलचस्प है कि फ़िल्मों में जो भी लोग सफल हुए हैं, अगर हम एक क्षण के लिए नेपोटिज़्म डिबेट को किनारे रख दें, तो वो सभी आउटसाइडर्स रहे हैं। और जब भी मैं इनमें से किसी के बारे में भी पढ़ता हूँ तो वो कहते मिलते हैं कि मैं इस शहर में पचास रुपए लेकर आया था, कि जी हम तो सड़कों के किनारे सोते थे, अमिताभ बच्चन भी रोड पर सो चुके हैं, शाहरुख़ ख़ान भी रोड पर सो चुके हैं। आप मेरे जानने वालों में इकलौते हैं जो अपने संघर्ष के दिनों की ऐसी बात नहीं करते। आपके पास उन दिनों की बेहद रोचक कहानियाँ हैं। आपकी बातों से ऐसा लगता है कि आप उन दिनों को दोबारा जीना चाहते हैं। ये कैसे और क्यों?

विनय पाठक : वो सच में एक बेहद रोचक दौर था। आज भी जब मैं उन दिनों को याद करता हूँ मज़ा आ जाता है। ऐसा नहीं है कि हमने फ़ाक़े नहीं किए थे लेकिन वो कितने मस्ती वाले फ़ाक़े थे। उस समय कम से कम इतनी बुद्धि थी कि सारी ज़िन्दगी ऐसे नहीं रहने वाली है। हम इस बात का मज़ाक़ उस वक़्त बनाते थे कि लोग कैसे ये सब कहानियाँ बना लेते हैं। जैसे आप अँधेरी स्टेशन पर बैठे हैं, और रात वाली ट्रेन छूट जाती है। टैक्सी के दो सौ रुपए बचाने के लिए रात-भर स्टेशन पर ही बैठे रह जाते हैं क्योंकि अगली ट्रेन तीन घंटे बाद है। हाँ ये उस समय मुश्किल ज़रूर था, लेकिन अगर आपको एक समय के बाद इसी बात की कहानी सुनानी हो; तो आप इसमें ढेर सारा मेलोड्रामा डाल देते हैं। पीछे बाँसुरी

और वायलिन बजने लगेगा और हो सकता है इस कहानी को सुनाते हुए आपका गला भी भर आए। मुझे ये अजीब लगता है जब कई बार लोग अपने संघर्ष को इतना बढ़ा-चढ़ा के सुनाते हैं। ये शायद हमारी संस्कृति से भी जुड़ा हुआ मामला है; हमें हर चीज़ को बढ़ा-चढ़ा कर पेश करने की आदत है। अब होली को ही देख लीजिए; बजाय माथे पर गुलाल का टीका लगाने के, हम धूम-धड़ाके के साथ इसे मनाने में विश्वास रखते हैं। लेकिन अगर आप कहानी कहने के तरीक़े के तौर पर देखें तो ये कोई बहुत अच्छी चीज़ नहीं है। अगर आप प्रेमचंद का साहित्य देखें और गुलशन नन्दा का साहित्य देखें तो दोनों में ज़मीन-आसमान का फ़र्क़ है। प्रेमचंद आज भी नन्दा के मुक़ाबले कम बिकते हैं क्योंकि एक पीढ़ी ऐसी है जो पॉप कल्चर को पढ़ना पसन्द करती है। इसका ये मतलब नहीं है कि प्रेमचंद प्रासंगिक नहीं हैं। हर तरह का साहित्य है, हर तरह का सिनेमा है। इन सबको एक साथ रहना चाहिए। मेरे जैसे

लोग तो हमेशा ये दुआ करेंगे कि एक दिन प्रेमचंद की किताबें बेस्टसेलर बनें।

मयंक शेखर : बिलकुल, लेकिन मेरा सवाल आपके करियर के संघर्ष से जुड़ा हुआ था। एक चीज़ जो आपके इंटरव्यूज़ से साफ़ निकल के आती है वो ये है कि आपने अपना तमाम संघर्ष दोस्तों के इर्द-गिर्द किया है। आप ऐसे लोगों से घिरे हुए हैं जिसे बम्बई में तो हम एक थिएटर मान के चलते हैं। मतलब अगर विनय पाठक किसी फ़्रेम में हैं तो हम ये मान कर के चलते हैं कि वहाँ सौरभ शुक्ला ज़रूर होंगे, पीछे कहीं रणवीर शौरी और नेहा धूपिया भी होंगी। शायद डाइरेक्टर रजत कपूर भी वहीं होंगे।

विनय पाठक : ऐसा इसलिए है क्योंकि हम सभी उस दौर में साथ में ही संघर्षरत थे।

मयंक शेखर : लेकिन आप लोगों ने साथ मिलकर एक मिनी इंडस्ट्री-सी बना ली। आप इन लोगों से कब मिले; आप रणवीर शौरी से कब मिले?

विनय पाठक : रणवीर शौरी से मैं तब मिला, जब मुझे चैनल वी में वीजे की नौकरी मिली थी और उस दौर में वीजे होना बहुत स्टाइलिश समझा जाता था। ये वो समय था जब मेरे बाल लम्बे हुआ करते थे और कानों में बालियाँ हुआ करती थीं। मैंने ऑडिशन दिया और वीजे के लिए मेरा चयन हो गया था। उस वक़्त चैनल वी के क्रिएटिव डाइरेक्टर जुल्स फ़िलर हुआ करते थे। मैं उनसे मिलने गया। वो अमेरिकी थे और उसी ऐक्सेंट में बात करते थे। उन्होंने कहा कि तुम्हें रणवीर के साथ एक शो करना है। रणवीर को जब मैंने पहली बार देखा तो मुझे लगा ख़ामख़्वाह लोगों ने सोते हुए बन्दे को उठाकर मिलने के लिए बुला लिया है। फिर मुझे पता चला कि वो रणवीर का स्टाइल था। तो मैंने और रणवीर ने मिल कर वो शो किया—हाउस अरेस्ट—जो उस समय बहुत लोकप्रिय हुआ। यह लोकप्रिय क्यों हुआ मुझे भी नहीं समझ आया क्योंकि हमारे देश के लिए उस समय म्यूज़िक टेलीविज़न एक नई चीज़ थी। लेकिन फिर भी वो शो बहुत पॉपुलर हुआ। उससे पहले तो हम सिर्फ़ बिनाका गीतमाला और चित्रहार देखते थे। हाँ, तो इस शो के बाद मुझे अपनी मार्केटिंग हेड सुनीता राजन जी से मिलने के लिए भेजा गया। सब को बारी-बारी से भेजा जा रहा था। तो मैं गया और बड़े टशन में कहा कि 'हाय, मैं विनय।' मुझे लगा कि उन्हें लगेगा, बन्दा अमेरिका से पढ़ के लौटा है। इसके बाद उन्होंने बस एक लाइन में जो कहा वो मैं ताउम्र नहीं भूलूँगा—उन्होंने कहा कि मुझ पर तुम बन्दरों को टेलीविज़न पर एक हफ़्ते में स्टार बनाने की ज़िम्मेदारी है। ये एक मुश्किल काम है, लेकिन मैं ये कर के रहूँगी। जस्ट वॉच!' मैंने सोचा कि यार कैसी औरत है, मेरे मुँह पर ही मुझे बन्दर कह रही है। लेकिन मयंक, उन्होंने वो सच में कर दिखाया। उन्होंने हमारा फ़ोटोशूट कराया, और हमारी तस्वीर के प्लेकार्ड्स बनाकर अलग-अलग कॉलेज में भिजवा दिए। अगले हफ़्ते जब हम वीमेंस कॉलेज

में गए तो हमें सब पहचान रहे थे—रणवीर और मेरी तस्वीर वहाँ पहले से मौजूद थी। बाद में हमें मालूम चला कि हमारी मार्केटिंग टीम ने वहाँ आ कर पहले से ही वो सारी तस्वीरें लगा दी थीं और उनको हमारे शो का ट्रेलर भी दिखा दिया था। उन सब के लिए ये एक कूल पेशा था। जब वहाँ हमारी जय-जयकार होती थी तो मैं मन ही मन हँसता था उन पर कि गदहो, तुम्हें मालूम ही नहीं है कि हमें कैसे स्टार बनाया गया है। हाँ लेकिन वहाँ चैनल वी में एक से एक कलाकार थे—एक ऊधम सिंह जी थे—मुन्ना जो ऊधम सिंह का किरदार निभाया करते थे। वो जाट का किरदार था और बहुत पॉपुलर हुआ था। गोवा में मुझे याद है एक दफ़ा शैगी का शो हो रहा था और वहाँ पर कुछ देर के लिए ऊधम सिंह अपनी शॉल ओढ़े, गंजे सर को लिये ऊपर चढ़ गए। और मैं आपको बताऊँ, जनता उनके लिए पागल हो गई थी। कुछ देर तक तो शैगी को भी नहीं समझ आया कि ये क्या हो रहा है। उस दिन मुझे पता चला कि युवा वर्ग को प्रभावित करना कोई बहुत कठिन काम नहीं है। सवाल ये है कि हम उनको किस तरह से प्रभावित कर रहे हैं—अच्छा साहित्य या सिनेमा दिखाकर या फिर उनके कॉलेज में जाकर चार-पाँच पैम्फ़्लेट बाँट, किसी फ़ेस क्रीम का प्रचार कर के। हालाँकि हम सब पढ़े-लिखे हुए हैं लेकिन साहित्य, सिनेमा और संगीत को लेकर के हम सब का आईक्यू जो है, वो मुझे लगता है, कि कम है। हमारे यहाँ गीत-संगीत से भरी, प्रिडिक्टबल फ़िल्में देखने जाने वालों की तादाद ज़्यादा है जिसमें कोई बुराई नहीं है। लेकिन मेरा कहना है कि हमारे यहाँ उस युवा वर्ग की भूख कहाँ गई जो अच्छा सिनेमा, अच्छा साहित्य चाहता है? वो युवा वर्ग कहाँ है जो नया साहित्य गढ़ना चाहता है, नया सिनेमा बनाना चाहता है। ये भी जानना ज़रूरी है।

मयंक शेखर : हम फिर से आपको चैनल वी की तरफ़ ले जाते हैं। जब आप इससे जुड़े तो ये वही दौर था जब ढेर सारे अन्तर्राष्ट्रीय मीडिया हाउस जैसे स्टार टीवी, वायाकॉम, एमटीवी, सैटेलाइट टेलीविज़न के दौर में अपनी जड़ें जमा रहे थे। उस दौर में जो म्यूज़िक टेलीविज़न था वो मुख्यत: अंग्रेज़ी गानों का था क्योंकि इतने सारे म्यूज़िक वीडियो हमारे देश में बनना शुरू नहीं हुए थे। लेकिन एक ख़ासियत जो आपमें है, जो उस समय के अंग्रेज़ एंकरों को देखकर पता नहीं चलता था, वो ये है कि आप विशुद्ध तरीक़े से बाईकल्चरल हैं। जब आप अंग्रेज़ी बोलते हैं तो लगता है आप अमेरिकन हैं और जब आप हिन्दी बोलते हैं तो ऐसा लगता है कि आप ठेठ बिहारी हैं। क्या ये आप में नैचुरली आता है, क्योंकि मुझे लगता है कि ये आपकी यूएसपी है?

विनय पाठक : ये इसलिए भी है कि मैं भाषाओं से हमेशा मंत्रमुग्ध रहा हूँ। इसका मतलब यह नहीं है कि हर पसन्द आने वाली भाषा या लिपि मैं सीख लेता हूँ क्योंकि

एक नई भाषा सीखना बेहद मुश्किल काम है। तो अंग्रेज़ी साहित्य पढ़ने तो मैं इलाहाबाद गया था और हिन्दी साहित्य से मेरा लगाव शुरू से था। इसके बाद हम अमरीका चले गए और ड्रामा स्कूल में पहुँच गए। वहाँ जाने के बाद मेरा पहला सेमेस्टर तो फ़िट-इन होने की कोशिशों में ही बीत गया क्योंकि मुझे लगता था कि ऐसे में तो मुझे कोई रोल ही नहीं देगा। खड़ा कर देंगे सिपाही बना के पीछे, पेड़ बना देंगे और ये मैं बना भी। तो अन्दर से एक हीन भावना घर कर रही थी कि मेरी अंग्रेज़ी बोलने के अलग लहजे के चलते मैं भीड़ से अलग था। एक दिन फिर हमारे एक प्रोफ़ेसर ने मुझे कहा कि जो अंग्रेज़ी तुम बोल रहे हो, वैसी ही अंग्रेज़ी बोलने के लिए हम अपने अमरीकी छात्रों को प्रोत्साहित करते हैं और दूसरी बात जो उन्होंने मुझे समझाई कि तुम फ़िट-इन होने के चक्कर में सबके जैसे मत बनो क्योंकि पूरा अमेरिका ही इन दिनों अलग-सा दिखने में लगा हुआ है। ख़ैर उस समय वो बातें समझ में नहीं आती हैं। आप क्लास में कुछ बोलने के लिए खड़े हों और आधी से ज़्यादा क्लास आपकी बात समझ ना पाए तो ये बड़ा अटपटा-सा लगता है। उसके बाद जब मैं मुम्बई आया तो मुझे याद है मैं साउथ बम्बई में एक नाटक के ऑडिशन के लिए गया हुआ था। ये बात 1995 की है और मुझे याद है वो नाटक एड्स जैसे गम्भीर मुद्दे पर था। मैंने ऑडिशन दिया और मेरा सिलेक्शन मेन लीड के तौर पर हुआ और दूसरे दिन उन्होंने मुझे उस रोल से ये कह के निकाल दिया कि मेरी ज़बान ज़रूरत से ज़्यादा अमरीकी थी। ग़ुस्से में मैंने उन्हें कहा कि तुम सब साउथ बम्बई के लोग ब्रिटिश बटलर की तरह बोलते हो। मुझे ग़ुस्सा आ गया था क्योंकि वो मेरा पहला काम था और मैं ख़ुद को अपमानित महसूस कर रहा था।

मयंक शेखर : लेकिन ये अंग्रेज़ी थिएटर के साथ हमेशा रहा है न कि उसकी जो डिक्शन होती है, जो बोलने का तरीक़ा होता है वो हमेशा से ही ओवर ऐंग्लिशयज़्ड रहा है। क्या आपने इसमें कोई बदलाव होते देखा है?

विनय पाठक : मैं आपको बताऊँ मयंक, मैं चार ऐसे नाटकों का हिस्सा रहा हूँ और वे सब के सब शेक्सपियर के नाटक थे और हम उन्हें एक क्लाउन कम्पनी के तौर पर करते थे। हमारी अंग्रेज़ी तो वैसे ही गड्डमड्ड रही है। हमने बीच का रास्ता ढूँढ़ लिया है। और ये भी है कि हमारे यहाँ बम्बई की अंग्रेज़ी और दिल्ली में बोली जाने वाली अंग्रेज़ी में ज़मीन-आसमान का अन्तर है। यही बात हिन्दी पर भी लागू होती है। बम्बई की हिन्दी, इन्दौर की हिन्दी, गुजरात की हिन्दी और इलाहाबाद की हिन्दी में काफ़ी फ़र्क़ है।

मयंक शेखर : पर अब चूँकि हमारे हिन्दी सिनेमा में अलग-अलग सामाजिक पृष्ठभूमि से आए हुए लोग काम कर रहे हैं, क्या आपको ऐसा लगता है कि हमारी फ़िल्म इंडस्ट्री में हिन्दी भाषा का स्तर गिरता जा रहा है? मुझे नहीं लगता कि मुम्बई

में अभी कोई भी ऐसी फ़िल्म स्क्रिप्ट होगी जो हिन्दी में लिखी जा रही होगी; सारी स्क्रिप्ट्स इंग्लिश में लिखी जाने लगी हैं। हिन्दी में तो फ़िल्में बन ही रही हैं लेकिन उनकी स्क्रिप्ट जो है वो रोमन में लिखा जा रही है। आपको इससे कोई दिक़्क़त है या आपका मानना है कि भाषाओं का क्रमिक विकास ऐसे ही होता है?

विनय पाठक : नहीं, भाषाएँ इसी तरीक़े से विकसित होती हैं। मुझे नहीं लगता ये कोई समस्या है क्योंकि बहुत अच्छी हिन्दी में लिख कर बहुत घटिया फ़िल्म बनाने का भी कोई फ़ायदा नहीं है। लेकिन दूसरी बात जो मैं कहना चाहूँगा और ये बात मेरी उस बात से जुड़ी हुई है कि नया साहित्य क्यों नहीं फल रहा है या नई पीढ़ी के बच्चे साहित्यकार बनने का सपना क्यों नहीं देख रहे हैं? आज से पचास वर्ष पहले लोग साहित्यकार बनने का सपना देखते थे।

मयंक शेखर : अगर हम कला की बात करें, तो आज सब फ़िल्ममेकर बनना चाहते हैं क्योंकि तकनीक ने शायद चीज़ों को आसान कर दिया है। क्या आप इसको सही मानते हैं?

विनय पाठक : मुझे लगता है कि यह एक बहुत अच्छी बात है, क्योंकि अगर हम सब को लगता है कि हम सब में कहानी कहने की तमीज़ आ गई है और उस चक्कर में आप एकाध कच्ची-पक्की कहानी कह डालते हैं, तो वो मुझे सही लगता है क्योंकि आप वो कर के किसी की जेब नहीं काट रहे हो। ये ऐसी विधा है जो आपको अपनी तरफ़ खींच लेती है और आप इसके सिवा कुछ और सोच नहीं सकते हैं। तो मुझे लगता है कि लोगों में उसकी तमन्ना होती बहुत अच्छी बात है। मैं बड़ा होकर लेखक बनूँगा या फ़िल्ममेकर बनूँगा, मैं कविताएँ लिखना चाहता हूँ या निबंध लिखना चाहता हूँ—ये जितने भी प्रयास हैं वो मुझे बहुत अच्छे लगते हैं क्योंकि हमारे यहाँ एक अच्छे लेखक या ऐक्टर की कमी है। मैं आपको बताऊँगा तो आप हँसेंगे लेकिन हमारे यहाँ जितना काम है उतने एक्टर नहीं हैं। जितनी फ़िल्में बनती हैं हमारे यहाँ उनके मुताबिक़ एक्टर आप उँगलियों पर गिन सकते हैं। अगर आप आज किसी बड़े अभिनेता के पास अपनी फ़िल्म की स्क्रिप्ट की डेट लेकर जाएँ तो उसके पास अगले डेढ़ साल तक डेट नहीं है तो उसके बाद आप अपनी सेकंड या थर्ड चॉइस के बारे में सोचना शुरू करते हैं।

मयंक शेखर : एक तो प्रतिभा की बात हुई; लेकिन सिनेमा का एक व्यावसायिक पक्ष भी रहा है।

विनय पाठक : एक? अरे वही तो सबसे बड़ा पक्ष है। अर्थ सिनेमा के लिए हमेशा सबसे महत्त्वपूर्ण रहा है। मैं ड्रामा स्कूल में था तो एक शिक्षक ने मुझसे कहा था कि तुम कितने अच्छे अभिनेता हो ये तुम नहीं बल्कि लोग निर्धारित करते हैं।

मयंक शेखर : तो क्या आपके साथ भी कुछ ऐसा हुआ कि आप एक्टर तो बनना चाहते थे लेकिन आप पर लोगों ने बहुत जल्दी एक कॉमेडी एक्टर का ठप्पा लगा दिया? क्या ये आपके भीतर स्वत: आया या आपके भीतर शुरू से कॉमेडी का कीड़ा था? कैसे हुआ ये सब?

विनय पाठक : क्या होता है न कि जब एक बार आपके किसी किरदार को पसन्द कर लिया जाता है तो लोगों को ऐसा लगता है कि उससे पहले आपने जितना भी काम किया है वो उसी किरदार तक पहुँचने के प्रयास का हिस्सा था। ऐसा होता नहीं है। 'भेजा फ्राई' हिट हो गई, तो इसका कोई लॉजिक नहीं है। 'भेजा फ्राई' के पहले मैंने कई सारी फ़िल्में की थीं। मेरी पहली हिन्दी फ़िल्म 'हम दिल दे चुके सनम' थी जिसमें मेरा एक सेमी-फ़नी किरदार था। अब वो फ़िल्म इतनी हिट हुई थी कि उसके बाद हर दूसरा निर्देशक मुझे हीरो का अमेरिका से आया हुआ दोस्त वाला रोल ही देना चाह रहा था। मैंने कहा, लेकिन वो रोल तो मैंने कर लिया। इस पर उनका कहना था कि नहीं-नहीं, इस बार आप अमेरिका से नहीं बल्कि यूरोप से वापस आ रहे हैं। मैंने कहा—कितनी अलग-सी स्क्रिप्ट लिखी है आपने! तो ये ट्रेंड जो चीज़ है, वो चीज़ों के हिट हो जाने के बाद, आपका पीछा करती है। मुझे याद है मैंने जॉन के साथ एक फ़िल्म की थी 'जिस्म' जो उस वक़्त की बड़ी हिट रही थी। उसमें मेरा पुलिस कमिश्नर का एक छोटा-सा लेकिन ज़रूरी किरदार था जो हीरो का दोस्त था और उसकी मदद करता है। अब उस फ़िल्म के बाद मुझे वैसे ही ढेर सारे रोल मिलने लग गए। मैंने कहा कि अब मुझसे कितना गाइड करवाओगे? तो उनका कहना था सर इस बार आप पुलिस कमिश्नर नहीं डॉक्टर हो। फिर से मैंने उन्हें नमन किया। मुझे याद है 'भेजा फ्राई' के हिट हो जाने के बाद वैसी पचासों फ़िल्मों की स्क्रिप्ट लेकर लोग मेरे पास आए। सर, ये एक ही बंगले की कहानी है, सर ये फ़िल्म एक ही मैदान में ख़त्म हो जाएगी—तो ऐसा हो गया था कि कोई पेड़ पर 'भेजा फ्राई' लिख रहा था तो कोई मैदान में क्योंकि सबको लगा कि इन्होंने पचपन लाख रुपए लगाकर फ़िल्म बनाई है जिसने बाईस करोड़ का बिज़नेस किया है तो हम क्या पागल हैं जो इधर-उधर की कहानियाँ लिख रहे हैं। चलो यही करते हैं। तो सब वही करने वाली लाइन में लग गए लेकिन कोई 'भेजा फ्राई' दुहरा नहीं सका। लेकिन 'भेजा फ्राई' और ऑल्टरनेटिव सिनेमा के नाम पर बहुत सारी बी ग्रेड की औसत फ़िल्में बनीं। मतलब ऐसी फ़िल्मों का एक मौसम चला था; मल्टीप्लेक्स फ़िल्मों का।

मयंक शेखर : जब आप एक व्यावसायिक फ़िल्म करते हैं और उसमें आपका कोई किरदार होता है, जैसे कि 'जिस्म' में आपने एक पुलिस कमिश्नर का रोल निभाया था और चूँकि आपके पिता भी एक पुलिस कमिश्नर थे, तो अपनी तरफ़ से आप

उसमें अलग से क्या जोड़ रहे होते हैं? या फिर आपको ऐसा लगता है कि यार ये तो आसान है, ये तो मैं यूँ ही निकाल ले जाऊँगा।

विनय पाठक : मैं आपको कहानी बताता हूँ। जब 'जिस्म' रिलीज़ हुई तो मेरे पिता जी फ़िल्म देख के आए और कहा फ़िल्म तो ठीक थी, गाने-वाने भी सब अच्छे थे लेकिन आप ने ऐसा क्यूँ किया? और मैं उनको समझाने की कोशिश कर रहा था कि पापा उसको ड्रॉमैटिक लिबर्टी कहते हैं। इस पर उन्होंने कहा कि ये चीज़ तो मुझे भी समझ में आती है लेकिन आपने जब फ़ोन किया था, तो वो कैसे हुआ? उन्होंने फिर मुझे पुलिस के काम करने का पूरा तरीक़ा समझाया। मैं उन्हें कहता रहा कि पापा ये पिक्चर है और बहुत बड़ी हिट है। लेकिन उन्होंने मेरी एक नहीं सुनी।

मयंक शेखर : क्या ये आपकी बाक़ी मेनस्ट्रीम फ़िल्मों में भी हुआ? आपने 'रब ने बना दी जोड़ी' में काम किया, फिर जहाँ तक मुझे पता है 'देवदास' में चुन्नी लाल का किरदार भी आप करने वाले थे।

विनय पाठक : हाँ, बिलकुल। मैं और संजय लीला भंसाली 'हम दिल दे चुके' के सेट्स पर ही अच्छे दोस्त बने थे। तो मैं बहुत ही बदमाश था सेट पे। मेरी पहली फ़िल्म थी और मुझे लगता था कि सारी मस्ती कर लूँ। तो मैं ये भी करता हूँ, वो भी करता हूँ—मैं ऐसा सोचता था। वो मुझे अपनी ये ऊर्जा काम में लगाने को बोलता तो मैं उससे कहता यार तुम इस फ़िल्म के निर्देशक हो, थोड़ी मेहनत मेरे बदले भी तुम ही कर दो न! तो इस तरह से हमारे बीच दोस्ती हो गई। फ़िल्म हिट हो गई; और वो ब्लॉकबस्टर रही। मैं अपने रोल को लेकर बहुत ख़ुश था। चुन्नी लाल का किरदार मुझे बहुत प्रभावित करता था। कुछ एक महीने तक मैं और वो इसे मेथड ऐक्टिंग की तरह माँजते रहे। लेकिन फिर बाद में कुछ व्यावसायिक कारणों से उस फ़िल्म में जग्गू दादा (जैकी श्रॉफ़) ने चुन्नी लाल का किरदार निभाया।

मयंक शेखर : मैं ये जानता हूँ कि ज़िन्दगी में हर चीज़ को लेकर आपका एक सकारात्मक नज़रिया रहा है। अगर ज़िन्दगी के संघर्ष को लेकर ही आप इतने सकारात्मक रहे हैं तो फिर बाक़ी चीज़ों को लेकर तो आप बिलकुल ही रहे होंगे। लेकिन जब आपने इस तरह की फ़िल्में कीं और स्टार्स को इतने क़रीब से काम करते हुए देखा जिनको जनता पसन्द करती थी, तो आपका उनके बारे में क्या नज़रिया था? जैसे 'रब ने...' में शाहरुख़ ख़ान के साथ काम करने के दौरान, आपको उनमें ऐसा क्या दिखा जो उन्हें बाक़ी के अभिनेताओं से दस-पन्द्रह गुना ज़्यादा पॉपुलर बनाता है?

विनय पाठक : मैं इस बात के लिए आश्वस्त हूँ कि आज जिस ऊँचाई पर शाहरुख़ हैं वहाँ पहुँचने के लिए उन्होंने भी अपने हिस्से का संघर्ष किया होगा। आज जिस

मुक़ाम पर वो हैं वो उनकी लगातार मेहनत का नतीजा है। 'रब ने बना दी जोड़ी' के बाद मुझे याद है मैंने 'माई नेम इज ख़ान' में एक छोटा-सा कैमियो किया था। उस फ़िल्म में मेरा एक सीन था जिसके लिए मैंने करण जौहर से कहा कि वो क्यों नहीं उसे फ़िल्म सिटी में सेट लगा के फ़िल्मा लेता है। मतलब उस एक सीन के लिए उन्होंने मुझे अमेरिका बुलाया था। वहाँ शाहरुख़ ने मुझसे कहा कि यार, 'रब ने बना दी जोड़ी' में तेरे काम की बड़ी तारीफ़ हो रही है। तो मैंने उससे कहा कि तारीफ़ तो ठीक है यार, पर मलाई तो तू ही खा रहा है। हमारे बीच ऐसे मज़ाक़ चलते रहते हैं। लेकिन सच कहूँ तो शाहरुख़ ख़ान के पास ऊर्जा का अकूत भंडार है और ये सिर्फ़ दिखाने वाली बात नहीं है। वो सच में बहुत ऊर्जावान अभिनेता हैं। अगर एक छोटा-सा सीन भी है, तो शाहरुख़ उसके बारे में सोचते हैं। उनका कमिटमेंट लेवल ये है कि 'रब ने बना दी जोड़ी' के उस छोटे से सीन के लिए जहाँ हमें शराब पी के नाचना था, उसके लिए भी उन्होंने क़रीब दस दफ़े रिहर्सल किया था। मैंने उनसे कहा भी था कि अरे, रहने दीजिए ख़ान साब; शराबी के नाच में कौन-सा परफेक्शन दिखाना है, उसे कौन-से डांस स्टेप्स आते हैं। तो उन्होंने कहा तेरे वाले शराबी को नाचना नहीं आता होगा, लेकिन मैं तो परफेक्ट डांसर ही दिखूँगा। ये उनके काम करने का तरीक़ा है। हमारा तो ये है कि थोड़ा-सा कच्चापन तो किरदार में दिखना चाहिए। लेकिन उस कच्चे डांसर के लिए भी उन्होंने कोरियोग्राफ़र मँगाया हुआ था। उस दौरान मैं 'दासवदानिया' बना रहा था और उसमें हम एक ड्रीम सीक्वेन्स कर रहे थे और हमारे पास इतने पैसे नहीं थे। लेकिन शायद कमर्शियल और स्ट्रग्लिंग सिनेमा के बीच यही अन्तर है और मैं इस बात को जानता हूँ कि शाहरुख़ ने यहाँ तक पहुँचने के लिए बहुत संघर्ष किया है। तो ये कहना कि उसकी शर्ट मेरी शर्ट से सफ़ेद कैसे है, तो शायद आप अपनी क़मीज़ ठीक से नहीं धो रहे होंगे। या शायद सफ़ेदी के जितने शेड्ज़ हैं वो सब यहाँ को-इग्ज़िस्ट करते हैं। सिर्फ़ एक क़िस्म की सफ़ेदी क्यूँ रहे?

मयंक शेखर : जब आपके पास एक ठोस दर्शक वर्ग हो, तभी आप ज़्यादा पैसे लगाने की सोचते हैं। अब बहुत-से ऐसे लोग हैं जो ऑल्टरनेटिव सिनेमा को भी मेनस्ट्रीम सिनेमा की तरह बढ़ते हुए देखने का सपना देख रहे हैं। जैसा कि आपने 'भेजा फ्राई' के बारे में बताया कि इतनी कम लागत में बनी फ़िल्म ने इतना बड़ा कारोबार किया। तो क्या उस दौरान कभी आपको ये महसूस हुआ कि अब वो बड़ा बदलाव हमारी इंडस्ट्री में आने वाला है या फिर, पुनः वही ढाक के तीन पात वाली बात होनी है कि हमेशा की तरह मेनस्ट्रीम फ़िल्मों का पलड़ा भारी रहेगा?

विनय पाठक : नहीं, कुछ दिन के लिए हम ज़रूर इस ख़ुशफ़हमी में रहे थे जब 'भेजा फ्राई' इतनी सफल रही थी। हमें लगा था कि कहानी से जुड़ी फ़िल्मों का,

छोटी मल्टीप्लेक्स वाली फ़िल्मों का दौर आ चुका है। 'भेजा फ्राई' की सफलता के बाद ही रजत ने 'मिथ्या' बनाई, मैंने 'दासवदानिया' बनाई। हमें लगा कि एक क्रान्ति आने वाली है। लेकिन हर एक 'मसान' या 'लंचबॉक्स' के साथ एक 'दबंग' आती है या एक 'बजरंगी भाईजान' आती है जो ऐसी फ़िल्मों को लाइन से धक्के दे के निकाल देती है। कहाँ उनका चार सौ करोड़ का कलेक्शन और कहाँ हमारा छोटा-सा चिल्लर! तो वो संघर्ष तो है। लेकिन मज़ाक़ अलग, दोनों तरह का सिनेमा बने रहना ज़रूरी है। मुझे ये बात अब अच्छे से समझ में आ गई है कि ये जो ऑल्टरनेटिव सिनेमा है वो कभी उतना बड़ा नहीं हो सकता है क्योंकि हमारा सिनेमा मूलत: साँग एंड डांस सिनेमा है। हमारी सिनेमाई किस्सागोई ही साँग और डांस पर आधारित है। तो वो इतने बरसों की जो तहज़ीब है उसको आप रातोरात नहीं बदल सकते हैं। हाँ हमसे दो-तीन पीढ़ी के बाद शायद चीज़ें बदलें। अब धीरे-धीरे हमारा मेनस्ट्रीम सिनेमा भी बदल रहा है। लेकिन जो दूसरी तरह का सिनेमा है उसको भी रहने का अधिकार है क्योंकि वैसा सिनेमा देखना लोगों को पसन्द है। जैसे हमारे समाज में अलग-अलग तरह का साहित्य है, वैसे ही सिनेमा को भी अलग-अलग तरीक़े का होना चाहिए। जब हमारा समाज ही इतना विविध है, तो सिनेमा में तो विविधता होनी ही चाहिए।

मयंक शेखर : क्या आपको लगता है कि जो अलग-अलग प्लेटफ़ॉर्म उभर कर आए हैं जैसे अमेजन और नेटफलिक्स, उनके आने से इस विविधता को बरक़रार रखने में कुछ मदद मिलेगी?

विनय पाठक : बिलकुल। हम यहाँ इन्दौर में बैठकर नए सिनेमा के बारे में बात कर रहे हैं, इससे बड़ी बात और क्या होगी। अब सिनेमा बनाने के सपने को देखने वाले बहुत सारे लोग हो चुके हैं। कई लोग अपने मोबाइल से ढेर सारा सिनेमा बना रहे हैं। इससे अच्छी बात और क्या हो सकती है!

मयंक शेखर : आपने एक बार कहा था कि अगर मैं एक्टर ना होता तो टीचर होता। अब आप लोगों को एक्टिंग का ज्ञान तो दे ही सकते हैं। मुम्बई में रजत कपूर से बात करने के दौरान किसी ने पूछा कि अभिनेता कैसे बनते हैं तो उन्होंने कहा था कि तुम अभिनेता बनने की तो बिलकुल ही मत सोचो—ये क़िस्मत की बात होती है। जिसे बनना होता है, वो बन ही जाता है। क्या आप इस बात से इत्तफ़ाक़ रखते हैं? और दूसरी बात, इस शहर के लोगों को, जो अभिनेता बनना चाहते हैं, आप क्या सलाह देना चाहते हैं?

विनय पाठक : एक तो जब मैं अभिनेता बनने के लिए संघर्ष कर रहा था तो मैंने कभी दूसरों के सर्टिफ़िकेट का इंतज़ार नहीं किया कि फ़लाँ आदमी मुझे कहेगा कि

तुम अभिनेता बनोगे तो मैं उसकी बात सुनकर इस क्षेत्र में आऊँ। अभिनेता होना आपका निजी फ़ैसला होता है। अगर आप कुछ करना चाहते हैं या कुछ होना चाहते हैं तो उसके लिए आपके भीतर शिद्दत से चाहत होनी चाहिए। ये आपके ऊपर है कि आप क्या बनेंगे। लोगों की बातें कहने या बहलाने के लिए ही होती हैं। और अन्त में ये यात्रा होगी आपकी ही।

मयंक शेखर : एक और जो आपकी दिली तमन्ना रही है, जिसके बारे में आपने कहा भी है, कि आप एक फ़िल्म का निर्देशन करना चाहते हैं। इस बारे में आप क्या कहेंगे?

विनय पाठक : बिलकुल। मैंने एक फ़िल्म आधी लिख ली है और शायद आने वाले कुछ सालों में मैं उसे निर्देशित करूँगा।

अजय ब्रह्मात्मज से
बातचीत पर आधारित

नवाज़ुद्दीन सिद्दीक़ी

19 मई, 1974 को जन्मे नवाजुद्दीन एनएसडी के पूर्व छात्र हैं। नवाज़ ने अपने फ़िल्मी करियर की शुरुआत 'सरफ़रोश' फ़िल्म में 3 सेकंड का एक किरदार निभाकर की थी। उस 3 सेकंड के अनजान किरदार से 3 घंटे के लीड एक्टर वाली अनेक फ़िल्में करने का दिलचस्प सफ़र नवाज़ की मेहनत का ही परिणाम है। 'गैंग्स ऑफ़ वासेपुर', 'बदलापुर', 'द लंचबॉक्स' में सराहनीय किरदार निभानेवाले नवाजुद्दीन को 'नेशनल फ़िल्म अवार्ड' और 'फ़िल्मफ़ेयर अवार्ड' से भी नवाज़ा जा चुका है।

नवाज़ुद्दीन सिद्दीक़ी

अगर मैं सच बताऊँ तो मैं अपने जीवन में ऐसे लोगों से प्रेरित हूँ जो अपने काम को बख़ूबी बहुत शिद्दत के साथ करते हैं। चाहे वो कोई मकैनिक हो जो दूर से देखते ही आपकी गाड़ी की समस्या बता देगा या एक जूता सीने वाले आदमी से भी प्रेरित हुआ जा सकता है कि वो ऐसा जूता सीता है कि वो कभी फट नहीं सकता है—तो जीवन में ऐसे लोगों से भी प्रेरित हुआ जा सकता है।

फ़िल्म 'माँझी' में मैंने जो किरदार निभाया वह मेरे जीवन का सबसे अहम और मुश्किल किरदारों में से एक है। दरअसल इसमें मैंने एक साथ जवान और बुढ़ापे दोनों का किरदार निभाया है। एक शॉट में बूढ़े व्यक्ति से फिर दूसरे शॉट में जवान हो जाने तक का जो पूरा प्रॉसेस है वो मेरे लिए शारीरिक और मानसिक रूप से पूरी तरह थका देने वाला था। एक आम आदमी की ऐसी ख़ास कहानी है 'माँझी' जिसे अगर केतन मेहता ना बनाते तो कोई और बना देता।

जो लोग मुझे देखकर मेरे जैसा बनना चाहते हैं उनके लिए मैं यही कहूँगा कि मुझे देखकर या किसी को भी देखकर आप उन्हें फ़ॉलो न करें। हर आदमी के भीतर एक अपनी ख़ास क़िस्म की ताक़त होती है। जिस दिन वो ताक़त आपने पहचान ली न, आप सबसे अलग दिखेंगे। बस फ़ॉलो मत करिए किसी को क्योंकि ऊपर वाले ने आपको बहुत ताक़त दी है। अगर आप अभिनेता बनना चाहते हैं तो आपका ईमानदार होना बहुत ज़रूरी है क्योंकि वो ऑनेस्टी जो चीज़ है वो परदे पर दिखती है और दूसरा ये कि आप अपने पास कोई और दूसरा ऑप्शन न रखें कि इस चीज़ में सफल नहीं हुए तो कुछ और कर लेंगे। और इस काम में कितना समय लगेगा इस पर ध्यान ना दें। फ़िल्मों में जाने से पहले आपके भीतर पैशन और टैलेंट होना दोनों ज़रूरी है। ट्रेनिंग सिर्फ़ उस चीज़ को पॉलिश करती है।

बिहार के एक छोटे से गाँव में हम क़रीब डेढ़ महीने थे और एक चीज़ जो मैंने बिहारियों में देखी वो है उनकी कर्मठता, जीवन से लड़ने की ज़िद। पूरे गाँव में वो

चीज़ देखने लायक थी और उस चीज़ ने मुझे प्रभावित किया। कोई भी काम इंसान के लिए असम्भव नहीं है और अगर आपके भीतर ज़िद है तो आप पहाड़ भी हिला सकते हो, सिनेमा तो फिर भी बहुत छोटी बात है।

मेरे लिए किसी भी अवार्ड से ज़्यादा दर्शकों की प्रतिक्रिया मायने रखती है। एक यही चीज़ है जो लम्बे समय तक आपको इंडस्ट्री में बनाए रखती है। मेरे लिए किसी तरह का भी सिनेमा तब तक सही है जब तक उसमें मेरा किरदार दमदार हो। अगर मुझे निर्माता-निर्देशक किसी फ़िल्म के रीमेक के लिए भी बुलाते हैं और मुझे लगता है कि उसमें मेरा किरदार कुछ अलग है, उसमें कोई ख़ास बात है तो मैं उस फ़िल्म के लिए हाँ बोलने में देर नहीं लगाता हूँ। हाँ, मेरी चाहत यही होती है कि मुझे असल कहानियों में किरदार निभाने को मिले।

दिल्ली में मंचित हो रहे एक नाटक के दौरान दर्शकों और अभिनेता के बीच की केमिस्ट्री को देखकर मैं अभिनय की ओर आकर्षित हुआ था। मुझे लगा कि यह एक ऐसी विधा है जहाँ आप दर्शकों के बिलकुल क़रीब होते हैं—अगर आपका अभिनय अच्छा है और वो दर्शकों के दिल को छू सकता है तो वो आपके अभिनय पर आँसू भी बहाएँगे, लेकिन अगर आपका अभिनय कमज़ोर है तो आपको अंडे-टमाटर खाने से भी कोई रोक नहीं सकता है। तो इस लिहाज़ से अभिनय भावाभिव्यक्ति का एक बेहद मज़बूत और लोकतांत्रिक माध्यम है जहाँ आप ख़ुद को खुलकर अभिव्यक्त कर पाते हैं। एक बार जब ये बात मुझे समझ में आई तो मैंने इस करियर की तरफ़ क़दम बढ़ा दिए।

किरदार के लिए जो तैयारी होती है, उसमें हम बहुत सारी मेहनत करते हैं। अभिनय करना सबसे आसान काम है, लेकिन अच्छा अभिनय करना दुनिया का सबसे मुश्किल काम है। अभिनेताओं को भी अब स्टारडम मिलना शुरू हो गया है। हम जैसे चरित्र अभिनेताओं को भी अब हीरो का काम मिलना शुरू हो गया है। और अब ऐसी भीड़ के सामने लोग हमसे हमारे किरदार के बारे में बात करते हैं तो मुझे लगता है कि ये एक बहुत बड़ा बदलाव है जो इंडस्ट्री में देखने को मिला है। पाँच साल पहले मैंने ख़ुद को इस मुक़ाम पर देखने की कल्पना भी नहीं की थी; पाँच साल के बाद मैं कहाँ होऊँगा मैं इसके बारे में सोचता नहीं हूँ। मुझे सिर्फ़ अभिनय करना आता है और यही मेरी रोज़ी-रोटी है। तो जिस चीज़ को लेकर मैं आश्वस्त हूँ वो ये है कि मैं अभिनय करने के लिए यहाँ आया हूँ और मैं यही करता रहूँगा।

सफलता सबको अच्छी लगती है लेकिन ज़रूरी ये है कि आपने सफलता पाने के लिए कौन-सा रास्ता चुना है। 'माँझी' की सफलता उसके बॉक्स ऑफ़िस कलेक्शन से ज़्यादा इस बात में है कि जितने लोगों ने इसे थिएटर में देखा उससे दस गुना लोगों

ने उसे सीडी और अपने मोबाइल पर देखा। तकनीक ने हमारे भीतर से धैर्य ग़ायब कर दिया है। वो प्यार करने का जुनून जो दशरथ माँझी के भीतर था, वो आज लोगों के भीतर देखने को नहीं मिलता है। आज तो प्यार से लेकर ब्रेकअप तक सब कुछ वॉट्सएप पर ही हो जा रहा है।

एक अभिनेता के लिए अपने काम को लेकर जो पैशन, जो जुनून होता है, उसे क़ायम रखना बहुत ज़रूरी होता है। अगर आपको सफल होने में पच्चीस साल भी लग रहे हैं तो भी आपको अपने काम को उसी पैशन के साथ अप्रोच करना है। ये जो चीज़ है वो आजकल देखने को कम मिलती है लेकिन यही वो चीज़ है जो आपको भीड़ से अलग करेगी। आज का युवा जितना ज़्यादा आत्मकेंद्रित होता जा रहा है, वो उसे अपने आसपास के वातावरण से काट रहा है। एक दौर था जब कई सालों के लिए मैं बेरोज़गार था लेकिन तब भी मेरे भीतर अभिनय का एक जुनून था। वही एक चीज़ थी जो मुझे आती थी और मैं इस काम में इस क़दर रमा हुआ था कि मुझे अच्छे-बुरे, सफलता-असफलता के बारे में सोचने का वक़्त ही नहीं मिला कभी। मैं चौबीसों घंटे बस इसी काम में रमा रहता था, मेरे आसपास के सब दोस्त भी इसी क्षेत्र से जुड़े हुए थे। मैं मुम्बई में कभी ये सोच के नहीं आया था कि मुझे बहुत बड़ा कोई स्टार बनना है। मैं यहाँ इसलिए आया था कि फ़िल्म मेकिंग का प्रॉसेस मुझे लुभाता था और मैं हमेशा से ही इस प्रॉसेस का हिस्सा बनना चाहता था। वहाँ तक पहुँचने का जो रास्ता है, वो कठिन ज़रूर है, लेकिन अगर आप उसमें मज़ा लेने लगते हैं, तो सफ़र मंज़िल से कहीं अधिक रोचक और आसान होता जाता है।

मैं कोई भी काम भागने के लिए नहीं करता हूँ। जो काम है उसे ईमानदारी के साथ आप करेंगे तो लोग ख़ुद-ब-ख़ुद आपको इज़्ज़त देने लगेंगे। ज़रूरी नहीं कि आप हर काम किसी को कुछ साबित करने के लिए करें। कुछ चीज़ें जीवन में ख़ुद के लिए भी करनी चाहिए और कई बार आपकी सफलता का रास्ता वहीं से होकर जाता है। कई बार लोग जीवन के कठिन क्षणों में आत्महत्या जैसा रास्ता चुन लेते हैं और ऐसे लोगों के बारे में मेरा ये कहना है कि अगर आप सुसाइड कर लोगे तो ट्राई कैसे करोगे? ट्राई करते रहना सबसे महत्त्वपूर्ण चीज़ है और अक्सर लोग इस छोटी लेकिन अहम बात को भूल जाते हैं।

फ़ारूक़ शेख़

फ़ारूक़ शेख़ भारतीय सिनेमा के एक प्रतिष्ठित अभिनेता थे। 70-80 के दशक में कला सिनेमा में अपने कार्य के लिए प्रसिद्ध थे जिसे समानान्तर सिनेमा भी कहा जाता है। एंकरिंग और रेडियो की दुनिया में भी उनका हाथ शायद ही कोई पकड़ सकता था। लम्बे समय तक थिएटर से जुड़े रहने के बाद उन्होंने 1973 में 'गरम हवा' से अपने फ़िल्मी करियर की शुरुआत की थी। 2010 में आई फ़िल्म 'लाहौर' के लिए उन्हें 'बेस्ट सपोर्टिंग एक्टर' का 'नेशनल फ़िल्म अवार्ड' भी मिला था।

फ़ारूक़ शेख़

सिनेमा जो है, वो दरअसल दो पहिए की गाड़ी है और इन दोनों पहियों को एक जैसी ताक़त, एक जैसी रफ़्तार वाला होना चाहिए तभी ये गाड़ी ठीक चलती है। अगर एक पहिया भी कमज़ोर पड़ गया तो ये गाड़ी ठीक से नहीं दौड़ पाएगी। वहीं दूसरी ओर गाड़ी का जो दूसरा पहिया है, वो आप दर्शक हैं। दर्शक सिनेमा का दूसरा पहिया होते हैं। अगर आप इस सिनेमाई गाड़ी को अपनी मनचाही रफ़्तार से चलते हुए देखना चाहते हैं तो आपको इसके दूसरे पहिए की ज़िम्मेदारी लेनी होगी और हमारी ग़लतियों को लगातार सामने लाना होगा।

जब कलाकार या फ़िल्म निर्माता ख़राब फ़िल्में बनाता है तो आपको उसे चुपचाप स्वीकार कर आगे बढ़ जाने के बजाय उसे सुधारने की दिशा में क़दम उठाने होंगे। दरअसल हर निर्माता बड़ी शिद्दत से अपने पैसे वापस पाना चाहता है। उसने बाज़ार से साठ प्रतिशत के ब्याज पर पैसे उठाए हैं तो उसकी शामत आई है क्या कि अपनी जेब से चालीस-पचास करोड़ की लागत लगाकर वो किसी तरह का कोई रिस्क उठाएगा? सबसे पहले तो उसके घरवाले, बीवी-बच्चे ही उसे मार डालेंगे क्योंकि अच्छे सिनेमा के पीछे कोई भी अपना घर-बार बिकता हुआ देखना नहीं चाहता है।

अगर आप दर्शक उसे अच्छा सिनेमा बनाने को विवश करेंगे तभी वो अच्छा सिनेमा बनाना चाहेंगे। कोई भी निर्माता अच्छा सिनेमा बनाना चाहता है लेकिन उसके पीछे बॉक्स ऑफ़िस कलेक्शन वाली तलवार लटक रही होती है। साधन और साध्य के बीच का जो विवाद है, वो सिनेमा और आम जीवन दोनों जगह है। वो जीवन का सबसे बड़ा संघर्ष है जिसे पार पाना बड़ा कठिन है।

आज की जो पीढ़ी है, जो आगे चलकर दुनिया की बागडोर थामने वाली है, उसे इस बात की परवाह नहीं है कि वो इस साध्य को कैसे हासिल करेगी। उसे इस बात की परवाह है कि मैं बस कैसे भी इसे हासिल कर लूँ और ये हमारे समाज का सबसे स्याह पक्ष है जो कि सिनेमा में भी दिखाई देगा। यह बात सच है कि जो समाज में

होता है वो आख़िरकार सिनेमा में भी होगा। पहले के दौर में सिनेमा का हर नायक लगभग उतनी ही ख़ूबियाँ लिये रहता था जितनी मर्यादा पुरुषोत्तम राम में थीं। आज का दौर ऐसा नहीं है। आज के हीरो में अगर कुछ चारित्रिक दोष भी है तो भी वो हमें पसन्द है। जब ट्रेंड बदला और शायद आप सब को भी वह दौर याद होगा, जब बच्चन साब एंटी-हीरो बनकर परदे पर आए, तब क़ानून का क़िस्सा उनकी फ़िल्मों के आख़िरी सीन में तय होता था, चाहे मर के हो या जेल से छूट कर आते हुए दिखाकर, लेकिन बाक़ी फ़िल्म में मार-धाड़ चलती थी। ऐसा इसलिए भी था कि ये समाज को मंज़ूर था; संघर्ष कर अपने हिस्से का न्याय पाने का वो तरीक़ा मान्य था। कोर्ट, पुलिस ये सब कुछ शंका के दायरे में था। तो साधन और साध्य के बीच जो ये खाई है इसे आख़िरकार इस समाज को ही पाटना होगा। अगर आपने उसे अपने जीवन में पाट दिया, तो कला और सिनेमा आपका, इस समाज के ही पीछे आएँगे क्योंकि सिनेमा आख़िरकार समाज का दर्पण ही तो है।

ये अलग बात है कि सिनेमा में सामाजिकता की पैकेजिंग ज़रा ढंग से होती है और सच्चाई को एक इंच आगे बढ़ाकर देखने-दिखाने की कोशिश की जाती है। लेकिन फिर भी उसकी बुनियाद में तो हमारी सामाजिक सच्चाइयाँ ही हैं। आप शुद्ध देसी रोमांस के प्रोमो को ही ले लीजिए—उसके ट्रेलर में क्या-क्या दिखाया जा रहा था लेकिन चूँकि वो समाज की सच्चाई है, तो लोग उसे मान लेते हैं। ये दर्शकों को निर्धारित करना होगा, कि साधन और साध्य के बीच की इस खाई को हम कैसे पाटेंगे।

तकनीकी तौर पर हमारे सिनेमा ने बड़ी जल्दी लम्बी छलाँग लगाई है, लेकिन अन्त में हमें ये देखना होगा कि आख़िरकार तकनीक सिर्फ़ और सिर्फ़ एक यंत्र है, उसमें अच्छा या बुरा जैसा कोई बटन नहीं होता है। वो आपको अन्त में परिणाम दे सकता है, लेकिन उसकी राह नहीं बता सकता है। आप तकनीकी तौर पर एक बेहद सफल मशीन हो सकते हैं लेकिन मानवीय तौर पर सही और ग़लत के बीच हमारा संघर्ष चलता रहेगा। मशीन आपको लड़के से लड़की नहीं बना सकती है। हाँ, वो आपको एक अजीब क़िस्म का लड़का या लड़की बना सकती है लेकिन वो एक डाँवाडोल क़िस्म का अस्तित्व होगा। एक और विडम्बना जो अपने समाज में मुझे दिखती है वो ये है कि हमारे सारे आदर्श व्यक्तित्व या तो सिनेमाई दुनिया से हैं या क्रिकेट की दुनिया से आते हैं। कोई नौजवान ये नहीं सोचता है कि किसी राजनीतिक व्यक्तित्व के जैसा बनना है।

मुझे सिनेमा या क्रिकेट की दुनिया से कोई गिला-शिकवा नहीं है, लेकिन एक समाज के तौर पर समाज अपने भीतर के आदर्शों को, नायकों को नकारकर एक दूसरी दुनिया से अपने आदर्श आयात कर रहा है जिनका शायद ज़मीनी तौर पर

सामाजिक सच्चाइयों से कोई वास्ता नहीं है। अगर कल को इस देश से मनोरंजन उद्योग या क्रिकेट ख़त्म हो जाता है तो क्या हम खाना-पीना छोड़ देंगे? क्या लोगों की मौत हो जाएगी? दुनिया फिर भी चलेगी। लेकिन ऐसा क्यों है कि इस ग़ैरज़रूरी दुनिया के लोग आपकी असल दुनिया के नायक बनते चले जा रहे हैं और आप अपना सारा आदर्श उनसे हासिल कर रहे हैं।

मैं 'मर्डर' फ़िल्म का वो गीत सुन रहा था—'कभी मेरे साथ इक रात गुज़ार, तुझे सुबह तक मैं करूँ प्यार!' साहिर साब ने इसी बात को अपने एक गीत में कहा है—'फिर ना कीजे मेरी गुस्ताख़निगाही का गिला, देखिए आप ने फिर प्यार से देखा मुझको।' दोनों ही जगह बात वही कही जा रही है लेकिन साहिर के लिखे में एक अदब है, एक शाइस्तगी है। तो सवाल ये है कि समाज के सामने चीज़ों को हम कैसे परोस रहे हैं। पेश करने का तरीक़ा जो है वो शायद अब बदल गया है; अब ढंग से बैठ कर, प्लेट से खाना खाने के बजाय हम सीधा हाँडी में कूद जा रहे हैं। समाज को सोचना होगा कि आपको क्या कैसे खाना है, और फिर सिनेमा आपको वही परसेगा।

आज के दौर में सिनेमा को लोग एक ज़रूरी चीज़ समझते हैं जबकि ऐसा है नहीं। आपकी असली ज़रूरत तो आपकी थाली की रोटी, दाल, चावल, गोश्त और मुर्ग़ी है। सिनेमा तो उसमें पड़ी चटनी या अचार की तरह है। लेकिन अगर आप अचार और चटनी से अपना स्वास्थ्य बनाना चाहेंगे तो फिर आप जानो और आपका स्वास्थ्य। अगर आपने अपनी पूरी थाली का ज़ायक़ा बिगड़ने दिया है तो फिर आपको चटनी या अचार के बेस्वाद होने का बुरा नहीं मानना चाहिए। आपने जो निर्णय लिये हैं उसके ख़मियाज़े भुगतने के लिए भी आपको तैयार रहना चाहिए।

मैं इस बात को बिना किसी शक के कह सकता हूँ कि एक आम आदमी सिनेमाई आदमी से कहीं ज़्यादा समझदार और ज्ञानी है और ये हर दौर में रहा है। आप सब जिस समय में हैं वहाँ आपकी मेहनत और उसके नतीजे हमारे समय से कहीं ज़्यादा अच्छे हैं।

सिनेमा की जिस मास्टरक्लास के लिए आपने मुझे यहाँ बुलाया है वो दरअसल संजय सर को करना चाहिए। हम अभिनेता जो हैं वो अपने लेखक और निर्देशक के कंधे पर खड़े होते हैं। अगर वो कंधे ऊँचे और क़द्दावर होंगे तो हम ख़ुद-ब-ख़ुद नायाब नज़र आने लगेंगे। अगर वो कंधे छोटे होंगे तो हम ओछे नज़र आने लगेंगे। तो सिनेमा का मुख्य काम दरअसल लेखक का होता है। लेखक फ़िल्म के लिए रीढ़ की हड्डी है। अगर लेखक की कहानी मज़बूत है, तो आप उस पर जो भी मुलम्मा चढ़ाएँ वो सफल होगा ही, लेकिन दुर्भाग्य से आजकल रीढ़ की हड्डी

पर काम किया नहीं जा रहा है। इसलिए आजकल की फ़िल्मों को लम्बे समय तक याद नहीं रखा जा रहा है। कंटेंट के स्तर पर हम आज के दौर में पिछड़ रहे हैं और यही वो कारण है कि सिनेमा हॉल से निकलने के बाद आपको फ़िल्म याद नहीं रह जाती है क्योंकि उसमें ऐसी कोई बात नहीं होती है जिस पर विमर्श किया जा सके। आज के सिनेमा का सारा उद्देश्य, जहाँ तक मुझे लगता है, एक चाट बाज़ार तक दर्शकों को लाने का है। जब आप चाट बाज़ार में जाते हैं तो आप चट के ही आते हैं। कोई भी व्यक्ति उस बाज़ार में स्वास्थ्य बनाने के लिए नहीं जाता है। पूरा कॉन्सेप्ट जो है वो अब 'ग्रैब अ बाइट' के अमेरिकी सिद्धांत पर टिका हुआ है जिसका अगर हम हिन्दुस्तानी अनुवाद करें तो कुछ 'निवाला नोच लो' जैसा होगा। अब अगर हम खाने जैसे पवित्र काम में भी नोच-खसोट करेंगे तो फिर तो हमारा स्वास्थ्य क्या ख़ाक बनेगा। दस्तरख़्वान बिछाकर आराम से भोजन करने की स्वस्थ परम्परा भी बनी रहनी चाहिए। इसे मैं एक सिनेमाई सन्दर्भ में कह रहा हूँ कि जहाँ 'सिनेमाई अनुभव' है उसमें स्थिरता की आवश्यकता को रेखांकित किया जाना ज़रूरी है। जब आप बस देख लेने की नीयत से सिनेमा देखने जाते हैं तो आप एक बुद्धिमान दर्शक नहीं कहलाते हैं।

आज के दौर में जब सिनेमा देखने जाना एक महँगा शग़ल हो गया है, तो हमें ये देखना होगा कि बदले में वो सिनेमा हमें क्या दे रहा है। ये मेरी सोच है और मैं शायद इसके बारे में ग़लत हो सकता हूँ—लेकिन हम सबको आजकल ये लगने लगा है कि पूरी फ़िल्म में एक आइटम नम्बर होना चाहिए—चार से पाँच मिनट का मसालेदार धमाल जिसमें बस लटके-झटके हों। हमने सिनेमा को पॉपकॉर्न में तब्दील कर दिया है और ये दुखद है क्योंकि इसे देखने में हमारी गाढ़ी कमाई का कुछ हिस्सा ज़ाया होता है। तीन घंटे, एक अँधेरे कमरे में सिकुड़ कर बैठने के लिए आप पैसे देते हैं। क्यों? क्योंकि आप सिनेमा देखना चाहते हैं। लेकिन अगर वहाँ सिनेमा के बजाय कोई तमाशा हो, तो ये आपके समय, पैसे और बुद्धि के साथ मज़ाक़ है। ये तब जब बदले में हम सिनेमा वाले दर्शक को कुछ नहीं देते हैं। एक दर्शक के तौर पर हम कितने उदार हो चुके हैं। कहानी नहीं है, कोई बात नहीं, प्लॉट का कोई सिर-पैर नहीं है हम फिर भी पिक्चर देख लेते हैं। नदी, पहाड़ और हमारे सपने जो फ़िल्मों में दिखाए जाते हैं वो अचानक से विदेशी हो जाते हैं लेकिन कोई नहीं पूछता है, क्यों।

हमारा दर्शक वर्ग इतना ममतामयी और दरियादिल हो गया है कि वो हमारे फ़िल्म निर्माताओं और निर्देशकों को एक बिगड़ैल बच्चे की तरह ट्रीट करने लगा है। हम ग़लत को ग़लत क्यों नहीं कहते हैं? क्यों नहीं हम उनसे सीधा कहते हैं कि अगर आप इस तरह के बेसिर-पैर का सिनेमा बनाते रहोगे तो हम आपकी फ़िल्में नहीं

देखेंगे। आज के दौर में, इस डिजिटल इंटरनेट के दौर में ऐसा करना बहुत आसान भी हो गया है। आप सीधे उनकी वॉल पर जाकर या वेबसाइट पर जाकर अपनी शिकायत रख सकते हैं कि साब, हमने इतने पैसे देकर आपकी फ़िल्म देखी और इसने हमारा पूरा दिमाग़ दही कर दिया। अगर दर्शक वर्ग ये तय कर ले कि फ़िल्म अच्छी नहीं लगने पर शिकायत करेंगे तो शायद आपको वो सिनेमा मिलेगा जिसके आप हक़दार हैं। और अगर आपको यही सिनेमा पसन्द आता है तो फिर आपको डॉक्टर से मिलने की ज़रूरत है। अगर सिर्फ़ एक बन्दर के तमाशे से आप मुतमईन हो जाते हैं, तो फिर आपको अपने अन्दर झाँकने की ज़रूरत है।

एक दौर था जब महबूब साब की फ़िल्में बनती थीं, शांताराम साब की फ़िल्में बनती थीं, बिमल रॉय की फ़िल्में बनती थीं—वो एक चरम था। दर्शकों की सिनेमाई माँग में जो ये कमी आई है, वो हमारे समाज में राजनीतिक तौर पर भी हमारी माँग की परिचायक है—कि हमें कैसे नेता चाहिए, हमें कैसे वक़ील या डॉक्टर चाहिए। हमें बस अपना काम होने से मतलब है। अगर फ़िल्म-निर्माता या निर्देशक या फ़िल्म इंडस्ट्री को दर्शक तमाशे दिखानेवाला बन्दर समझते हैं तो माफ़ कीजिएगा, बन्दर भी फिर आपको चवन्नी फेंकने वाला आदमी ही समझता है। दर्शक और निर्माता के बीच कोई साझा आदर का सम्बन्ध नहीं है।

हॉलीवुड में भी, अमेरिका में भी फ़िल्में पन्द्रह साल से पच्चीस साल के मेल ऑडिएंस पर फ़ोकस करती हैं। अगर उस फ़िल्म का प्रदर्शन अच्छा होने लगे तो और लोग भी आने लगते हैं। भारत में तो ये जो पन्द्रह से पचीस के बीच का दर्शक वर्ग है ये सबसे ज़्यादा शिक्षित है, लेकिन अगर इसी वर्ग को फ़िल्में सिर्फ़ घूँसे, लात और हिंसा के लिए देखनी हैं तो फिर कहीं न कहीं इस पीढ़ी के साथ दिक़्क़त है। सिनेमा कला के सभी आयामों का मिश्रण है और यह एक बेहद पवित्र कला है। लेकिन अगर आप ऐसी फ़िल्मों को दिलचस्प कॉमेडी कहते हैं जिसमें दो लोग एक-दूसरे पर थूक रहे हैं तो फिर माफ़ कीजिएगा, मुझे वो सिनेमा समझ नहीं आता है। कुछ ऐसी बहुत सफल फ़िल्में भी रही हैं जिनमें दो लोग एक दूसरे पर पेशाब भी कर रहे हैं और ऐसी फ़िल्में सफल भी रही हैं। समस्या ये है कि ऐसी फ़िल्मों के बाद दस और लोग ऐसी ही फ़िल्में बनाकर सफल होने का ख़्वाब देखते हैं। फिर जो लोग अच्छा सिनेमा बना सकते हैं, उन्हें भी लगता है कि सफलता का यही शॉर्ट-कट है। नतीजतन हमारे इर्द-गिर्द ऐसी फ़िल्मों की बाढ़-सी आ जाती है। दुकान में भी वही सौदा लगता है जो खरा हो, अगर दर्शक ग़लत क़िस्म की फ़िल्मों को इग्नोर करना शुरू करेंगे तो निर्माता अपने आप बाध्य होकर अपनी दुकान पर नया सौदा सजाने लगेगा। एक फ़िल्म थी 'गरम हवा' जिससे मैंने अपने करियर की शुरुआत की थी, उसके निर्देशक थे एम.एस. सथ्यु साब। वो बड़े सुलझे हुए पढ़े-लिखे इंसान

थे। उसके लिए उन्होंने छह लाख रुपये लिये जो उन्हें उस समय के फ़िल्म फ़ाइनैन्स वालों ने बड़ी मुश्किल से दिए। सथ्यु साब ने वो पैसे और उसका ब्याज बीस साल में चुकाया क्योंकि वो छह लाख कब सात से दस बन गए उन्हें भी पता नहीं चला। तो जो फ़िल्म निर्माता होता है वो तलवार की धार पर फ़िल्म बना रहा होता है और इसलिए अगर आप दर्शक उस निर्माता को इत्तला कर दें कि आप अमुक क़िस्म की फ़िल्म नहीं देखेंगे तो वो फ़िल्म ही नहीं बनाएगा।

मुझे फ़िल्म के कथ्य की विविधता से कोई फ़र्क़ नहीं पड़ता है—वो चाहे कॉमेडी हो, ड्रामा हो, एक्शन हो लेकिन कम से कम ऐसा होना चाहिए कि हमारे मूल्यों का अवमूल्यन न हो। आपने देखा है कि हमारी फ़िल्मों के आइटम नम्बर हमेशा औरतों पर फ़िल्माए जाते हैं। अब ऐसा तो है नहीं कि उन्हें देखकर मर्दों पर कोई प्रभाव नहीं पड़ता। समाज में मूल्यों का जो क्षरण हो रहा है, पन्द्रह से पच्चीस साल के उम्र के लड़के पर इस गीत का क्या प्रभाव पड़ता है, इसके बारे में कोई नहीं सोचता है—इसे आर्टिस्टिक लिबर्टी के नाम पर कब तक बचाया जाता रहेगा। अगर इस चीज़ को नहीं रोका गया तो हमारा सिनेमा बद से बदतर होता जाएगा।

समय मुश्किल है, लेकिन हम और आप जो करते हैं उसका नाम ज़माना है। तो कुछ तो ग़लत हम कर रहे हैं जिससे समय ऐसा हो गया है। मैं फिर कहूँगा कि एक दर्शक के तौर पर आप सिनेमा इंडस्ट्री से कुछ ठोस माँग ही नहीं रहे हैं। विचारों का आदान- प्रदान जब तक नहीं होगा तब तक ये समस्या बनी रहेगी। इस देश में प्रतिभा की कोई कमी नहीं है, यहाँ एक से एक प्रखर लोग हैं। लेकिन जब तक हम अपनी फ़िल्मों के लिए कच्चा माल विदेशी साहित्य और फ़िल्मों से आयातित करते रहेंगे तब तक हमारा सिनेमा नहीं बदलेगा। मुझे जे. के. रोलिंग से कोई दिक़्क़त नहीं लेकिन चालीस रुपए में मिलने वाले प्रेमचंद को कोई क्यों नहीं पढ़ता? जबकि जे. के. रोलिंग और प्रेमचंद में उतना ही फ़र्क़ है जितना फ़ारूक़ शेख़ और दिलीप कुमार में है। फिर ऐसा क्या है कि हमारे बच्चे मंटो और प्रेमचंद को नहीं पढ़ते हैं? हमारा पूरा समाज मैकडॉनल्ड के बर्गर में तब्दील होता जा रहा है कि झटपट पैक करो और निबटाओ। ठहराव कहीं नज़र नहीं आता है। हम सिनेमा को उसी तरह से ट्रीट करते हैं जैसे हम अपने डॉक्टर के साथ करते हैं, अपने नेता, अपने वकील के साथ करते हैं। 'छोड़ो ना यार, चलता है' की ये जो प्रवृत्ति है वो बहुत जल्दी एक सांस्कृतिक सुनामी लेकर आने वाली है।

मनोरंजन के नाम पर फूहड़ कॉमेडी परोसने का ये चलन बहुत दिन तक नहीं टिकता है। इसे समय का तक़ाज़ा कह देना सत्य को ख़ारिज कर देने जैसा है। कॉमेडी का एक दौर पहले भी रहा था—उस दौर में ऋषिकेश मुखर्जी ने 'गोलमाल' बनाई, 'चलती का नाम गाड़ी' जैसी फ़िल्में बनीं। इन फ़िल्मों में भी कॉमेडी का भरपूर रस

था, इन फ़िल्मों की संवाद अदायगी हमारे मूल्यों से जुड़ी हुई थी। 'गोलमाल' के डायलॉग राही मासूम रजा साब ने लिखे थे; उन्हीं राही मासूम ने जिन्होंने 'महाभारत' धारावाहिक के संवाद लिखे थे। ये थी उस समय के लेखकों की रेंज, उनकी सोच का विस्तार और उनसे लिखवाया था ऋषिकेश मुखर्ज़ी ने।

मुझे बड़ी फ़िल्मों से, दो सौ, तीन सौ करोड़ी क्लब में शुमार फ़िल्मों से कोई दिक़्क़त नहीं है। मैं चाहता हूँ कि वैसी फ़िल्में बनें लेकिन अगर सिर्फ़ वैसी ही फ़िल्में बनने लगेंगी तो फिर दिक़्क़त है। इस समस्या की जड़ में भी शायद हमारा दर्शक वर्ग है। हिन्दुस्तान में ऐसे बहुत-से लोग हैं जो बहुत अच्छी फ़िल्में बना रहे हैं लेकिन उनकी फ़िल्में रिलीज़ नहीं हो पाती हैं। अब सिनेमा हॉल वालों ने भी कोई हवाई जहाज़ उड़ाने के लिए तो हॉल बनाया नहीं है। वो भीड़ देखना चाहते हैं जिससे उनकी लागत वसूल हो। अब अगर लोग सिनेमा देखने आएँगे ही नहीं तो ऐसी फ़िल्में कोई क्यों बनाएगा? तो गांधी जी के शब्दों में जिस बदलाव को आप अपने इर्द-गिर्द होते हुए देखना चाहते हैं, वो बदलाव ख़ुद बनें। हर एक आदमी को इसकी जिम्मेदारी लेते हुए अपने स्तर पर बदलाव लाना होगा। जब तक हम और आप स्तरहीन सिनेमा देखते रहेंगे तब तक ऐसा सिनेमा बनता रहेगा।

राजकुमार राव

1984 में गुरुग्राम, हरियाणा में जन्मे राजकुमार दिल्ली यूनिवर्सिटी के छात्र रहे हैं। फ़िल्म एंड टेलीविज़न इंस्टिट्यूट ऑफ़ इंडिया से एक्टिंग की पढ़ाई करने के बाद राव ने 2010 में अपने फ़िल्मी करियर की शुरुआत 'लव, सेक्स और धोखा' फ़िल्म से की। राव को 2013 में आई फ़िल्म 'शाहिद' में उनकी अदाकारी के लिए 'नेशनल फ़िल्म अवार्ड' और 'फ़िल्मफेयर अवार्ड' से सम्मानित किया गया।

राजकुमार राव

फ़िल्म 'सिटीलाइट्स' के बारे में मुझे मेरे निर्देशक हंसल मेहता ने फ़िल्म 'शाहिद' के दौरान बताया था। शुरू में इस फ़िल्म के किरदार हिमाचल से माइग्रेट कर मुम्बई आने वाले थे, लेकिन फिर बाद की चर्चाओं के बाद जब हमें लगा कि चूँकि राजस्थान पास में है और कई लोग वहाँ से भी मुम्बई रोज़गार की तलाश में आते हैं तो फिर हमने इन किरदारों को राजस्थान का ही रहने दिया। इस किरदार की तैयारी के लिए मैं और मेरी सह-अभिनेत्री राजस्थान जाकर कई दिनों तक रहे, हमने अपने कॉस्ट्यूम की ख़रीदारी भी राजस्थान में ही की। मुझे मेथड ऐक्टिंग की ज़रूरत इसलिए लगती है कि मैं ऐक्टिंग को सिर्फ़ लाइनें बोलना नहीं समझता हूँ। इसके अलावा भी बहुत कुछ होता है जो बिना बोले भी दिखता है और वो दिखाने के लिए एक अभिनेता को बहुत तैयारी की ज़रूरत होती है। मैं हर किरदार को सबसे पहले अपने मन के किसी कोने में फ़िट करके आत्मसात करता हूँ। यानी उसकी भाषा, बॉडी लैंग्वेज, उसकी बोली, वो किस परिवेश से आ रहा है, उसका सामाजिक और प्रांतीय जुड़ाव कहाँ से और कैसा है, उसका पारिवारिक पक्ष क्या है वग़ैरह एक बेहतर अभिनेता के लिए इन सब चीज़ों को समझना बहुत ज़रूरी है। मेरे लिए तो ख़ासकर ये सब कुछ बहुत ज़रूरी है। कुछ लोग इसे मेथड ऐक्टिंग का नाम देते हैं। मुझे लगता है कि मेरे अन्दर ये चीज़ें स्वतः ही आ जाती हैं।

'सिटीलाइट्स' ने मानसिक तौर पर मुझे बहुत थका दिया था। दीपक की जो जद्दोजेहद है, उसकी मानसिक परिस्थिति को समझने में मुझे बहुत मेहनत लगी। मुझे इस फ़िल्म का एक सीन अभी भी याद आता है जब वो शराब के नशे में घर पहुँचता है। हालाँकि असल ज़िन्दगी में मैं शराब नहीं पीता हूँ लेकिन उस सीन की जो डिमांड थी, उसके मुताबिक़ मुझे लगा कि मुझे यहाँ शराब पीना होगा। मैंने ये बात हंसल मेहता से कही और उन्होंने मुझसे कहा कि तुम्हें जो ठीक लगता है करो। ये मेरा पहली बार था लेकिन उस दिन मैंने काफ़ी पी क्योंकि मैं उस किरदार के साथ किसी तरह का अन्याय नहीं करना चाहता था। लेकिन फ़िल्म में मैं दीपक था, राज

नहीं और इस बात को समझना मेरे लिए बहुत ज़रूरी था। एक अनजान शहर में बिना पैसे के एक व्यक्ति की यात्रा को समझना, जिसको अपने परिवार से अगाध प्यार है—ये समझने के लिए मैंने और हंसल मेहता सर ने कई बैठकें कीं। मेरे लिए इस प्रेम को समझना इसलिए भी आसान रहा कि कुछ उसी तरह का प्रेम मैं अपनी भांजी से भी करता था—एक जो होता है न, निश्छल प्यार। दीपक जैसे लोग आपके इर्द-गिर्द हर जगह हैं। बम्बई तो ऐसी जगह है जहाँ हर कोई अपने सपनों को सच करने के लिए आता है। हमारी फ़िल्म इंडस्ट्री में ही न जाने कितने लोग होंगे जो उस शहर में एक प्रवासी के तौर पर अपनी ज़िन्दगी गुज़ार रहे हैं। मैं ख़ुद दिल्ली के पास गुड़गाँव से हूँ और जब मैं मुम्बई आया तो मेरे पास भी एक प्रवासी के तौर पर यहाँ संघर्ष करने के कई अनुभव इकट्ठे हो गए। अपनी ज़िन्दगी से कशमकश करते हुए ऐसे प्रवासी आपको पूरी दुनिया में मिल जाएँगे।

सन 2008 में एफटीआइआइ से पासआउट होकर मैं भी मुम्बई काम की तलाश में आ गया था और जगह-जगह ऑडिशन दे रहा था। कई जगह से नकारात्मक रिव्यू मिलते थे तो कई जगह पर लोगों ने मेरे काम को सराहा भी। हालाँकि इस सराहना के बाद भी काम नहीं मिल रहा था, लेकिन मेरे पास जीवन में कोई ऐसा दूसरा ऑप्शन नहीं था कि अगर मुझे यहाँ काम नहीं मिला तो मैं वापस घर जाकर दुकान पर बैठने लगूँगा क्योंकि कोई दुकान थी ही नहीं। तो मैं अपने काम में लगा रहा।

अब मुझे लगता है कि वो सारा संघर्ष ज़रूरी है। कड़े संघर्ष के बाद जब पहली फ़िल्म मिलती है तो उसकी ख़ुशी ही कुछ अलग होती है। मुझे याद है जब तीन-चार राउंड के ऑडिशन के बाद मुझे एलएसडी में रोल मिलने के बारे में वो फ़ोन कॉल आया, तो वो जो ख़ुशी हुई थी फ़ोन के बजने पर, वो जीवन में सबसे अनूठी ख़ुशी थी। वो जो लम्हा होता है, वो शब्दों में बयान नहीं किया जा सकता है। उस एक फ़ोन कॉल ने मेरी ज़िन्दगी बदल दी थी।

मेरे जीवन में डैनियल डे लेविस, जो कि एक मशहूर अमेरिकी एक्टर रहे हैं, उनका बहुत गहरा प्रभाव रहा है। किरदार को निभाने के लिए जिस तरह की मेहनत वो करते हैं, उसे जानकर उनसे मैंने अभिनय के बारे में बहुत कुछ सीखा है और मुझे लगता है कि जिस किसी को भी अभिनय की बारीक़ियाँ सीखनी हैं, उसे उनके अभिनय को क़रीब से देखना चाहिए।

मैंने अपने करियर में जितनी भी अभिनेत्रियों के साथ काम किया है, मुझे सबसे कुछ न कुछ सीखने को मिला है। मैंने कंगना के साथ जब भी काम किया है, मुझे उनसे इम्प्रोवाइज़ेशन के गुर सीखने को मिले हैं कि शॉट शुरू होने से पहले आख़िरी लम्हे तक कैसे आप अपनी तैयारी जारी रख सकते हैं और कैसे आप अपने किरदार में

ढल सकते हैं। एक अदाकारा के तौर पर मैंने उनको फ़िल्म-दर-फ़िल्म आगे बढ़ते हुए देखा है।

किसी एक बड़े नाम को सोचकर अभिनय के क्षेत्र को मत चुनिए। वो तो हो नहीं पाएगा क्योंकि वो पहले से ही स्थापित नाम है। अभिनय एक बहुत पवित्र चीज़ है और उसमें बहुत गहराई है। तो उसी शिद्दत से काम करें और अपने आसपास की चीज़ों को परखने की कोशिश करें। सबसे पहले तो ख़ुद को ही परखें। इस विधा में धैर्य और ईमानदारी दोनों की बहुत ज़रूरत है। मेरे लिए जो मेरा अभिनय है वो सामने वाले सह-अभिनेता पर निर्भर करता है। मेरे लिए एक्टिंग रि-एक्टिंग ही है। मुझे इसके अलावा कुछ और नहीं आता है। मैं चौबीसों घंटे अभिनय के बारे में सोचता रहता हूँ। फ़िल्म-दर-फ़िल्म हमारी तैयारी में थोड़ा-बहुत उतार-चढ़ाव होता रहता है। जैसे कि 'क्वीन' फ़िल्म में मुझे अपने किरदार के लिए कोई ख़ास काम नहीं करना पड़ा था, क्योंकि वो शहर का एक नौजवान लड़का है। लेकिन 'शाहिद' हो या 'सिटीलाइट्स', इन फ़िल्मों में मुझे अपने किरदार की बोलचाल, उसकी देहभाषा के लिए काफ़ी काम करना पड़ा था। जैसे कि जब हम 'शाहिद' कर रहे थे, तो मैं कभी उनसे मिला नहीं था। लेकिन उनके परिवार वालों से मिलने के बाद, अपनी कल्पना के आधार पर उनकी एक छवि मन में बनाई थी। लेकिन फ़िल्म के बाद उनके भाई ख़ालिद ने मुझसे कहा कि आपने परदे पर मेरे भाई को पूरी तरह से उतार दिया था। जब मैं दिल्ली में थिएटर करता था, तो मैं कई किरदारों से मिलता था जिनको मैंने अपनी एक डायरी में नोट कर लिया था। उस डायरी को आज भी जब मैं पलट के देखता हूँ, मुझे बहुत अच्छा लगता है। मुझे लगता है वो एक ख़ज़ाना मेरे पास है जिससे मैं हर बार प्रेरित हो सकता हूँ।

अभी तक मैंने कोई लाइट मूड का कॉमिक किरदार किया नहीं है, जैसे कि रोहित शेट्टी की फ़िल्मों में होता है। लेकिन वैसी फ़िल्मों में आपको सेट पर जाने के बाद ही मौज में रोल करना होता है। वो इन किरदारों के मुक़ाबले थोड़ा आसान होता है। अगर कोई अभिनेता ट्रेनिंग ले सकता है तो बहुत अच्छी बात है क्योंकि उससे आपके अन्दर एक अलग क़िस्म का आत्मविश्वास आता है। जैसे मैंने अपनी पढ़ाई एफटीआइआइ से की तो उसके कारण आप एक अच्छी-ख़ासी फ़िल्मी फ्रेटर्निटी का हिस्सा बन जाते हैं। जैसे मेरे कई सीनियर हैं जो वहाँ से पढ़े हुए थे और मेरे मुम्बई जाने से पहले मुम्बई में थे, तो उनकी वजह से आपके लिए कई चीज़ें आसान हो जाती हैं। जैसे किसी का नम्बर माँगना हो या किसी से समय, तो इससे चीज़ें आसान हो जाती हैं। मैं ये बिलकुल नहीं कहूँगा कि एक सुबह आपको लगे कि आप अभिनेता बनना चाहते हो और आप बैग उठाकर बम्बई पहुँच जाएँ, क्योंकि मुम्बई में एक गलाकाट प्रतिस्पर्धा है। जब तक आपमें कुछ अलग नहीं होगा, उतने बड़े

शहर में, जहाँ हर दिन आपके जैसे हज़ारों लोग अभिनेता बनने के लिए आते हों, कुछ हासिल नहीं होगा। ऐसे बिना किसी फ़ॉर्मल ट्रेनिंग के मुम्बई आने का कोई ख़ास मतलब नहीं होता है। ये बिलकुल सही बात कि अभिनेता जन्मजात होता है लेकिन ऐसा भी नहीं है कि आप अपने भीतर के अभिनेता को कालांतर में सुधार नहीं सकते हैं। सुधार की जो प्रक्रिया है वो लगातार चलती रहनी चाहिए। जैसे कि अब जब मैं अपनी पिछली फ़िल्मों में अपने प्रदर्शन को देखता हूँ तो मुझे लगता है कि मैं और बेहतर कर सकता था। लेकिन तब मेरी जैसी समझ थी, मैंने वैसा ही किया। इस चीज़ से मिली सीख का आगे की फ़िल्मों में उपयोग करना ज़रूरी है। तभी आप एक बेहतर अभिनेता कहलाएँगे। वक़्त लगता है, पर हो जाता है।

जब आप अपने काम के बाद शान्ति महसूस करते हैं, अपने काम से सन्तुष्ट होते हैं तो मेरे लिए वही सफलता है। कोई भी व्यक्ति जब कभी भी ठान ले तो वो अभिनय के क्षेत्र में आ सकता है लेकिन इसके लिए आपके भीतर वो ज़िद होनी चाहिए। शुरुआत में स्टार पुत्रों के लिए सिनेमा में आना आसान होता है, सिनेमा की दुनिया में उनकी एंट्री आसान हो जाती है लेकिन इस इंडस्ट्री की सबसे ख़ास बात ये है कि यहाँ आपको आपका टैलेंट ही आगे ले जा सकता है और कुछ नहीं। अगर रणबीर कपूर के भीतर प्रतिभा नहीं होती तो दुनिया की कोई भी ताक़त उन्हें आज हमारे देश के सबसे क़ाबिल अभिनेताओं की लिस्ट में शुमार नहीं कर सकती थी। कई ऐसे स्टार किड्ज़ हैं जो समय की आँधी में ऐसे ग़ायब हुए जिनके बारे में अब किसी को कुछ भी नहीं पता। अगर पिता का परिचय ही सब कुछ होता तो वो आज भी यहाँ टिके हुए होते।

कई बार हम अख़बारों में पढ़ते हैं कि इंडस्ट्री में किसी अभिनेता के प्रभुत्व के कारण किसी के रोल कटवा दिए गए, लेकिन मैं भाग्यशाली हूँ कि अभी तक मेरे साथ ऐसा कुछ भी नहीं हुआ है। मेरा ये मानना है कि आपका काम तभी अच्छा होगा जब आपके सामने का अभिनेता भी अपना बेस्ट दे। 'काय पो चे' में जो मेरा अनुभव था वो बेहद ख़ास था। हम तीनों के बीच किसी तरह की कोई प्रतिद्वंद्विता नहीं थी और एक दोस्त की तरह हमने साथ में काम किया था। इसलिए उस फ़िल्म में मेरा अनुभव अविस्मरणीय था।

'ओम शान्ति ओम' देखकर मेरे मन में भी ये जगा था कि चरित्र अभिनेताओं के भी अच्छे दिन जल्द आएँगे। फ़िल्मों में आने से पहले दीपिका मेरी क्रश हुआ करती थीं। अब हालाँकि वो क्रश एक अच्छी दोस्ती में बदल चुका है। काम करने से पहले मैं बैनर कभी नहीं देखता हूँ, अगर मुझे लगता है कि स्क्रिप्ट में दम है तो मैं बिना कुछ सोचे उस फ़िल्म के लिए हाँ कर देता हूँ। मुझे इससे क़तई फ़र्क़ नहीं पड़ता है कि वो फ़िल्म ऐम्स्टर्डैम में शूट हो रही है या उत्तराखंड में। अगर कहानी अच्छी हो

तो दर्शक हर तरह का सिनेमा देखना चाहते हैं। 'सिटीलाइट्स' जैसी फ़िल्मों की सफलता इस बात का प्रमाण है कि आज का दर्शक वर्ग बहुत विकसित हो चुका है। मैं कोशिश करता हूँ कि रियल लाइफ़ में मैं जैसा हूँ वैसे ही मेरे किरदार रहें, जिससे कि लोगों को लगे कि ये हम में से एक है।

संजय मिश्रा

संजय मिश्रा लम्बे समय से टीवी व सिनेमा जगत से जुड़े हुए हैं। वे एनएसडी के पूर्व छात्र हैं। मिश्रा ने अपने एक्टिंग करियर की शुरुआत 1995 में 'ओ डार्लिंग, यह है इंडिया' से की थी। 'आँखों देखी' में अदाकारी के लिए उन्हें फ़िल्मफ़ेयर का 'बेस्ट एक्टर अवार्ड' भी मिल चुका है। हाल में आई उनकी फ़िल्म 'अंग्रेज़ी में कहते हैं' को भी दर्शकों और आलोचकों ने ख़ूब सराहा है।

संजय मिश्रा

सिनेमा जो माध्यम है वो कभी हमारा अपना रहा नहीं; समुद्र के रास्ते हमारे पास आया। हमारा सिनेमाई इतिहास जो है वो साठ-सत्तर साल का है और समय का यह कालखंड किसी बड़े सामाजिक बदलाव के लिए काफ़ी नहीं होता है। अब तक हमने लार्जर दैन लाइफ़ सिनेमा ही देखा कि ये विलेन होता है, ये हीरो होता है जो बीस लोगों को मार देता है...बहुत हो गया अब ये सब। अब लोगों को लगता है कि क्यों ना ज़िन्दगी के क़रीब का सिनेमा बनाया जाए। वैसा सिनेमा जो किसी एक आम से परिवार की कहानी कहता है और दर्शक भी अब एक नए क़िस्म का सिनेमा देखना चाहता है। अब तो ऐसा समय आ गया है कि वैसी लार्जर दैन लाइफ़ फ़िल्मों को बनाने में भी निर्माताओं को डर-सा लगने लगा है। इस तरह की फ़िल्मों का अब समय आ गया है। मेरी एक फ़िल्म आई थी—'आँखों देखी', जिसमें कोई हीरो नहीं था लेकिन फिर भी उसे आप सबने इतना प्यार दिया था। उस फ़िल्म में एक साठ पार के किरदार के जीवन में कितना ड्रामा हो सकता है, ये दिखाया गया है।

जहाँ तक 'दम लगा के हईशा में' आयुष्यमान के अभिनय कौशल की बात है तो मुझे लगता है ये निर्देशक के कहानी नैरेट करने के तरीक़े पर भी निर्भर करता है; कई बार जब वो कहानी सुना रहा होता है तो उसके कहने में कहानी साफ़ झलकती है। हमारी फ़िल्म के निर्देशक शरत कटारिया बहुत अनुभवी व्यक्ति हैं जिन्होंने ज़िन्दगी जी है और अपने जीवन के कई छोटे-छोटे विशद अनुभवों को जोड़कर उन्होंने इस फ़िल्म में हर किरदार को अलग रंग दिया है। आयुष्यमान को उनके साथ का बहुत लाभ मिला, इसके लिए शरत कटारिया को मैं श्रेय देना चाहूँगा। 'भूमि' के लिए भी मैं कहूँगा कि इस फ़िल्म ने साबित किया कि सुन्दर होने के लिए, आपका ज़ीरो फ़िगर होना ज़रूरी नहीं है।

सिनेमा और राजनीति दोनों ही क्षेत्रों के लोग अपने काम के बचाव में एक बड़ा ही प्रचलित तर्क देते हैं कि जनता यही चाहती है तो हमने ऐसा किया। सिनेमा का जो प्रचलित चलताऊ ढर्रा था जहाँ हीरो-हीरोइन-विलेन और कॉमेडियन से ही सारा

काम हो जाता था, इस चक्कर में हमारा बहुत अच्छा साहित्य हमसे अलग हो गया। चूँकि इन सब मसालों के इस्तेमाल से जिसकी चाट की दुकान मज़े से चल रही हो, वो भला क्यों कुछ अलग करने के चक्कर में अपनी दुकान बन्द करना चाहेगा? लेकिन ऐसे प्रयास अब हो रहे हैं क्योंकि जनता इन्हें सराह रही है। धीरे-धीरे ऐसी फ़िल्मों की संख्या ज़रूर बढ़ेगी।

इस फ़िल्म में अदायगी से लेकर लोकेशन तक सब कुछ नैचुरल था। जो कॉस्ट्यूम है वो भी नेचुरल है। चाहे वो एक गीतकार हो या गायक हो या पेंटर हो या किसी से माध्यम से जुड़ा हुआ कलाकार हो—जब तक आप दिल से कोई चीज़ नहीं करेंगे, तो वो चीज़ दिल तक नहीं पहुँचेगी। तो ऐसे सिनेमा में मुझे तो अभिनय करना बहुत आसान लगता है जहाँ अपने दिल की बात दर्शकों तक पहुँचानी हो। जब बहुत ज़्यादा एक्टिंग हो, तो लगता है कि कहीं कुछ कमी है।

हमारे यहाँ कुछ मामलों में थोड़ा-सा भ्रष्टाचार है जैसे कि टेलीविजन हमारा एक बहुत सशक्त माध्यम है लेकिन हम उस पर कोई भी अच्छी चीज़ नहीं दिखाते हैं। मतलब परिवार को जब हम उस पर दिखाते हैं कि वहाँ की माँ, बहुएँ, बेटी कभी बर्तन भी धोती होंगी! हमारा साहित्य हमसे दूर कर दिया गया है। लेकिन वो दिन दूर नहीं, जब ऐसे कंटेंट का दौर आएगा।

मैं चेन्नई में 'दम लगा के हईशा' देख रहा था और वहाँ सिनेमा हॉल में आधे से ज़्यादा लोग तमिल थे। उन्हें शायद हिन्दी समझ भी नहीं आ रही थी लेकिन मैंने देखा कि जहाँ-जहाँ हिन्दीभाषी दर्शक हँस रहे थे, वहाँ-वहाँ वो भी हँस रहे थे। तो अच्छे सिनेमा के बीच में भाषा कोई दीवार नहीं होती। इस लिहाज़ से जागरण फ़िल्म फ़ेस्टिवल एक बहुत ही सकारात्मक पहल है जो छोटे-छोटे शहरों तक; पटना, बनारस तक अच्छा सिनेमा लेकर जा रहा है। ज़रूरी नहीं कि फ़िल्म फ़ेस्टिवल में सिर्फ़ अंग्रेज़ी में बात करने और सोचनेवाले लोगों की सहभागिता हो।

दो चीज़ें हमारे जीवन में बड़ी अजीब-सी हो गई हैं। हम हिन्दी सिनेमा को हमेशा बॉलीवुड से जोड़कर देखते हैं। अब तो ख़ैर इस देश में पता नहीं कितने तरह के वुड हो गए हैं—भोज़ी वुड से लेकर टॉलीवुड तक और सपनों को सिनेमा में बहुत ज़्यादा बेचा जा चुका है और अब हम सबों को सिनेमा में हक़ीक़त देखने का दिल करता है।

मैं हमेशा सोचता था कि कलाकार का ऑफ़िस उसका दिमाग़ होता है जो कि चौबीस घंटे खुला रहता है और शायद मैं ज़िन्दा रहता हूँ इसलिए लोगों को मेरा अभिनय पसन्द आता है लेकिन हिन्दुस्तानी सिनेमा को एक अच्छे दर्शक वर्ग की बहुत ज़रूरत है।

✪✪✪

अजय ब्रह्मात्मज

पिछले 21 सालों से फ़िल्मों पर नियमित लेखन। लम्बे समय तक फ्रीलांसिंग करने के बाद 1999 में 'दैनिक जागरण' से जुड़े। फ़िलहाल 12 सालों से 'दैनिक जागरण' में कार्यरत। अभी 'दैनिक जागरण' में फ़िल्म सम्पादक। लम्बे और सारगर्भित इंटरव्यू में विशेष दक्षता। 'चवन्नी चैप' (http://chavannichap.blogspot.comh) नाम से एक ब्लॉग का संचालन। हिन्दी सिनेमा की जातीय और सांस्कृतिक चेतना पर फ़िल्म फ़ेस्टिवल, सेमिनार, गोष्ठी और बहसों में निरन्तर सक्रियता।

मयंक शेखर

लेखक, पत्रकार तथा टीवी शो होस्ट। एक दशक से भी अधिक समय से आप अख़बार और मैग्ज़िन के लिए कॉलम लिखते रहे हैं। शुरुआत 'मिड डे' से की। 'मुम्बई मिरर' के लॉन्च में महत्त्वपूर्ण भूमिका निभाई। 'हिन्दुस्तान टाइम्स' में कला एवं संस्कृति विभाग के राष्ट्रीय सम्पादक भी रहे। बतौर फ़िल्म समीक्षक आप राष्ट्रीय और अन्तरराष्ट्रीय स्तर पर कई फ़िल्म संस्थाओं की ज्यूरी में शामिल रहे हैं। हाल ही में 2016 के भारतीय राष्ट्रीय फ़िल्म पुरस्कार की ज्यूरी में शामिल। फ़िल्म समीक्षा पर लिखी गई आपकी किताब 'हाउ आई मेट योर मूवीज़' हार्पर पब्लिकेशन से प्रकाशित है।

विनीत कुमार

मीडिया समीक्षक के तौर पर अपनी ख़ास पहचान बना चुके विनीत कुमार 'मंडी में मीडिया' और लप्रेक श्रृंखला की किताब 'इश्क़ कोई न्यूज़ नहीं' के लेखक हैं। 'बैचलर्स किचेन' में करछी-कड़ाही से दो-चार होते हुए वे राजनीति, सिनेमा और मीडिया की भी गहरी समझ रखते हैं। फ़िलहाल दिल्ली युनिवर्सिटी में अध्यापन करते हैं।

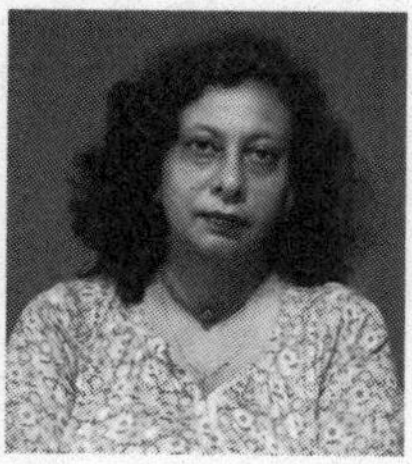

स्मिता श्रीवास्तव

दैनिक जागरण (मुम्बई) में प्रमुख संवाददाता के पद पर कार्यरत स्मिता पिछले लगभग डेढ़ दशक से पत्रकारिता के क्षेत्र में सक्रिय हैं। साक्षात्कार और फ़िल्म रिव्यू में दक्ष स्मिता मानवीय संवेदनाओं को अपने लेखन के ज़रिए बख़ूबी उकेरती हैं।

पहला पड़ाव

टॉकीज़

सिनेमा का सफ़र

अनुराग कश्यप
अभिषेक चौबे
आर. बालकी
इम्तियाज़ अली
कबीर ख़ान
पूजा भट्ट
मधुर भंडारकर
राजकुमार हिरानी
सुधीर मिश्रा
सौरभ शुक्ला
हर्षवर्धन कुलकर्णी से

जागरण फ़िल्म फ़ेस्टिवल में हुई बातचीत